血色謎蹤

梅洛琳 著

康意廷看著許哲銘被自己推向高空，然後……消失？
鞦韆落了下來，空蕩蕩的，哪裡還有兒子的蹤影。

目錄

一、失蹤

夕陽已經落到山頭，天空像被抹了奶油似的，暈黃的色調，像塗在麵包上的瑪琪琳，讓人忍不住想用手指挖一口來吃。

而公園裡面，只剩下三三兩兩的人在走動。

「媽媽，我再玩一下下好不好？」一個穿著附近幼稚園制服的小男孩，坐在鞦韆上，要求著在他身邊的年輕少婦。

「可是很晚了耶！」

「不管，我要玩！我要玩！」達不到目的的小男孩，開始哇哇大叫起來。

「小寄，不要這樣子……」面對小男孩的任性，年輕少婦有些無措。

「人家要玩嘛！嗚……我要玩！我——要——玩！」被慣壞的小男孩開始

一、失蹤

放聲大哭，甚至敞開喉嚨，高聲尖叫起來，惹得公園裡僅存的幾名人士往這裡觀看，慌得少婦連忙安撫：

「好、好，我們再玩一下下就好，一下下喔！」

一得到應允，原本涕淚縱橫的臉蛋，立刻破涕為笑。

「好。」

「那我們再五分鐘，再五分鐘就要回家了喔！」少婦特地加強語氣，以免他又耍賴。

「知道了啦！」卻是滿不在乎。

小男孩開心地繼續盪著鞦韆，他的笑聲在公園裡迴響，跟剛才放聲大哭的模樣有如天壤之別。

少婦望著小男孩，只能嘆了口氣。

太寵他了吧？她也知道，不過在懷他的時候差點流產，於是對這腹內的寶寶，只期盼他能平平安安產下，其餘的，就不是那麼重要了。

因為差點失去，所以格外珍惜，於是也就順著他了。

「莊太太，還沒回家啊？」一個中年女人走了過來，看著少婦跟在盪鞦韆的小孩，似乎頗為訝異。

「陳太太，妳怎麼在這？剛剛不是回家了嗎？」

「我要做飯，結果忘了買蔥，只好再出來買，」中年女人看了離開鞦韆，正往溜滑梯跑去的小孩一眼，「妳不用煮飯嗎？」

「呃……我晚一點再煮。」少婦不好跟他人講，是因為小孩的任性，所以她遲至現在還沒有回家。

「還可以晚點煮飯呀？妳真好命，哪像我，時間一到就得回去煮飯，要不然我家那個老不死的，一定又會碎碎唸個不停。」中年女人看著年輕少婦，有些欣羨地道。

「沒有那麼糟糕啦！」年輕少婦安慰著她，看了從溜滑梯後面爬上樓梯的小男孩一眼，再回過頭對中年女人講話。

一、失蹤

「我們家那個啊！如果不準時開飯，火氣會特別大，我現在買東西再回去煮飯，一定會被他罵。好了，我得走了，下次再聊啊！」

「嗯，下次見。」瞄了一下小男孩，他正在溜滑梯上，準備下去。

「我走了，再見。」

少婦轉過頭回來，對著中年女人揮手：「再見。」

中年女人離開了，不過兩秒鐘的時間，少婦回過頭，看到溜滑梯上面——空盪盪的，沒有人，小男孩不在那裡。

不在溜滑梯，那在盪鞦韆那邊吧？少婦將頭轉向另外一邊，也沒有人。偌大的公園裡，視線可及之處，都沒有小男孩的蹤影。

「小寄！」少婦大喊。

沒有回答。

公園並不算小，空間也相當寬闊，舉目望去，只見公園裡的遊樂設施，還有高聳的樹木和寬敞的草皮，但那都不妨礙視線，要找一個人，並沒那麼困難。

「小寄！」

少婦走到溜滑梯的另外一側，也沒有人在，甚至溜滑梯的樓梯底下，也沒有蹤跡。

除了她之外，公園裡已無人影。

於是，她開始打顫。

小孩呢？她的小孩呢？不過是短短兩秒，不過是打個招呼的時間，她的小孩——就不見了？少婦再也壓抑不了恐懼，放聲大叫：

「小寄——小寄——」

垃圾桶後面，沒有人；公園裡的幾棵大樹後面，也沒有人；籃球場上更沒有蹤影；涼亭也沒有小男孩的影子。

「小寄——小寄——出來！別再玩了，小寄！」少婦扯開喉嚨大喊，想要把惡作劇的小男孩找出來，但都沒有得到回應。

「小寄——」

一、失蹤

尋找的聲音變得十分焦急、倉皇，甚至開始帶著哭音，少婦的聲音被風吹落在公園裡的每個角落，卻傳不到小男孩的耳朵裡……

找不到小孩，少婦慌張恐懼，聲音變得十分淒厲：

「小——寄——」

※　※　※

一個月後

「就是那個莊太太嗎？」

「對啊！真可憐，小孩子在公園裡不見了。」

「真的嗎？怎麼不見的？」

「聽說是在溜滑梯的時候不見的，我看一定是她沒注意，小孩子才會不見。要不然這麼大一個小孩，怎麼可能被抱走還不知道？」

「哎呀！一定是太粗心了，妳看她那麼年輕，怎麼會顧小孩？搞不好連自己都不會照顧呢！」

「是啊是啊！」

一群帶著小孩到公園遊玩的婆婆媽媽，嘰哩呱啦地聊天，而坐在椅子上的少婦，她顏色憔悴，形容枯槁，眼窩凹陷下去，皮膚也變得蠟黃，無助地看著公園裡的小孩。

當她們發現少婦朝這邊走過來時，一群刻薄的嘴巴都閉上了。

「妳有沒有看到我的小孩？」少婦怯怯地問道。

「沒有。」被點名的婦人，搖了搖頭。

「妳有沒有看到我的小孩？」少婦又朝另外一個婦人詢問，另外一個婦人拿起手機，假裝講電話。

「妳有沒有——」

「對不起，沒有……那個……我還有事，得回去了。」

「是啊是啊！我們得回去了。」於是原本論人是非、道人長短的八卦一族，帶著被窺破壞事的狼狽，還有使不上力的同情，全都鳥獸散了。

看著離去的眾人，少婦呆滯地站在原地，半晌之後，她蹣跚地回到椅子上，繼續等候。

等待著奇蹟出現。

※　※　※

如果那一天，她沒有帶兒子去公園的話……又或者，她沒有一時心軟，而放兒子繼續玩耍的話，今天……就會不一樣了吧？

少婦捧著臉頰，悔恨不已。

已經過了多久？一個月了吧？兒子依舊沒有出現，她失望、傷心、自責、悔恨，連丈夫也不諒解她，這陣子都早出晚歸。

空曠的房子，沒有兒子的笑聲……

已經習慣兒子的哭鬧、嘻笑，如今卻一下子抽離了生命，少婦幾欲崩潰，看著其他東奔西跑的小孩子，不論是跑步、騎腳踏車，還是玩溜滑梯、盪鞦韆，都有兒子的影子存在……

幾乎不能呼吸……他們每個都是他，卻又不是他。

噬人的焦灼折磨著少婦，像把看不見的火焚燒著，從心靈裡煎熬出來的毒素，一點一滴滲透她的生命、她的精神，包括她的思緒。

「孩子……我的孩子……」

離開沒有孩子的家中，少婦在公園尋找兒子的下落，而每個玩耍的孩童，落到她的眼底，都成了帶刺的天使，不斷刺激她的神經。

「小寄……小寄……」

少婦在公園裡尋覓，尋覓著每一個可能性。

然而每一次的落空、每一次的失望，都在打擊著已經脆弱不堪的心靈，少婦迫切地想要尋回一個孩子，想要填補胸口那越來越大的洞。

「小寄……小寄……」

※　　※　　※

康意廷帶著六歲的許哲銘來到公園，面對著其他的同伴，許哲銘躲在康意

一、失蹤

廷的身後，張著一雙黑白分明的大眼睛看著其他小朋友，滿臉渴望接觸，卻又認生而不敢向前。

「許太太，你家兒子好害羞喲！」在跟康意廷聊天的陳太太看到許哲銘的模樣，低頭逗弄起來。

看陳太太彎下腰看著他，許哲銘向後退了一步。

「他有點認生，不好意思。」康意廷笑著表示歉意。

「沒關係，你們才剛搬來，他會害羞也是正常的。妳常帶他出來走動，他就不會這麼害羞了。」

「哲銘，去玩呀！」康意廷推了推兒子一把，許哲銘仍是扭捏地躲在母親的羽翼底下。

「哲銘，那邊有溜滑梯，阿姨帶你去玩好不好？」陳太太熱心地想要跟小孩子打成一片，可惜白費力氣，許哲銘仍是躲在康意廷的身後。陳太太伸出手想要去拉他，卻被他用力甩開。

「哲銘，不可以這樣！」康意廷輕斥。

「沒關係，小孩子嘛！」

康意廷蹲了下來，鄭重跟兒子警告：

「哲銘，阿姨是好意要帶你去玩溜滑梯，你不可以這麼沒禮貌！」

「可是……」許哲銘怯怯地道，「我想玩盪鞦韆。」

聞言，兩個女人都笑了起來，陳太太不計前嫌，她大方地伸出手，朝許哲銘說道：

「那阿姨帶你去盪鞦韆好不好？」

許哲銘看了一下母親，康意廷點點頭，許哲銘才讓陳太太帶著他去玩盪鞦韆，臉上終於有了笑意。

看到兒子終於跟外人有所接觸，康意廷終於鬆了口氣。

她搬到這裡才沒多久，跟大部分的人都不認識，而陳太太是幾個熱心的太太之一，常常跟她和許哲銘聊天，久而久之，即使是害羞的許哲銘，在對陳太太熟稔之後，也願意跟她親近。

如果他可以再大方一點就好了，康意廷看著笑開懷的兒子，他正由陳太太抱在鞦韆上，將他推高盪來盪去。

「哲銘，好不好玩呀？」陳太太問道。

「好玩。」

「那你要不要自己玩？」

「好呀！」

陳太太放開了手，讓許哲銘自己玩了起來。

「陳太太，謝謝妳。」康意廷走到她身邊，感謝地道。

「這有什麼好謝謝的？大家都是鄰居。」

「對了，陳太太，妳沒有小孩嗎？」陳太太常常到他們家，卻從沒看過她把小孩一起帶來。

「我哪有你們那麼好命啊？有這麼可愛的孩子。」陳太太看著正在玩鞦韆的許哲銘，一臉欣羨。

康意廷覺得似乎觸及到他人的隱私，不再言語。她不曉得陳太太是什麼原因而沒有小孩，若是問太多，會不會讓人覺得不悅？她可不想做令人討厭的人。

康意廷正在深思，眼睛仍在許哲銘的身上，因為她看到有個女人向單獨在鞦韆上玩耍的哲銘走過去……

只是剛好路過而已吧？不過……

康意廷狐疑地看著她，一雙視線沒有離開，卻看到她抱起正在盪鞦韆的許哲銘，然後迅速地跑開，孩子被對方突如其來的抱住嚇得大聲尖叫，揮舞雙手雙腳，女人置若罔聞，只是加快了腳步。

「妳在幹什麼！」一股熱血直衝腦門，康意廷叫了起來，追了上去。

陳太太不知道發生了什麼事，驚疑地看著康意廷往鞦韆的方向跑去。只見康意廷飛快地跑到女人的面前，要將孩子搶回來。

「還我孩子！」

「是我的，他是我的！」抱住小孩的女人根本跑不快，很快就被康意廷攔住，康意廷動手要抱回小孩，女人抓著許哲銘不肯放，和康意廷爭著孩子。

「把我的孩子還來！妳幹嘛抓走哲銘？」康意廷大吼大叫。

「我的小寄！妳放開，他是我的小寄……」女人緊緊抓著許哲銘，絲毫沒有鬆手的跡象。而許哲銘則因為這個意外，嚇得哇哇大哭起來。

「媽媽……」許哲銘將手伸向康意廷，卻被女人拉了回去。

「哪裡來的瘋查某？快把孩子還給我！」康意廷一方面想要將許哲銘抱回來，一方面又要拉開她抓著孩子的手，十分困難。

「是我的！他是我的！」女人發狂似的，一直抓著許哲銘不放。

「他是我的孩子，你放開！」再也不顧個性與氣質，康意廷開始攻擊女人。她朝女人又推又打，而女人也朝她打了回去。兩個女人在公園裡扭打，中間還夾雜一個放聲大哭的小孩，公園裡的人都往這裡瞧，而有幾個熱心的民眾已經跑了過來。

陳太太跑到女人身後，一手抱住了她的腰，一手抓住她攻擊康意廷的手。

「莊太太，妳放手，他不是妳的小孩。」

「他是我的、是我的！」女人不肯相信，一直大叫，一隻手還緊緊抱住許哲銘。

其他民眾很快就明白發生什麼狀況，有幾個人已經幫康意廷將女人的手拉開，有人抱住了她，有人幫康意廷搶救許哲銘，讓孩子回到母親的懷裡。

一離開女人的魔掌，許哲銘更是嚎啕大哭：

「媽媽——媽媽——」緊緊抓住康意廷不放。

「乖，沒事、沒事了。」康意廷抱著寶貝兒子，緊緊摟著他，並不斷親吻他的臉頰，企圖安撫他。

「那個阿姨……好可怕……」許哲銘哭哭啼啼。

「好了，沒事了、沒事了。」

而其他人則阻止女人向前進，女人發現手裡的小孩被奪走，又被一群人團

一、失蹤

團團住，尖叫了起來：

「你們放開我！放開！」不斷揮舞著雙手。

「莊太太，他不是妳的小孩。」

「對啊！莊太太，他是別人的小孩，不是妳的，妳冷靜點。」

「莊太太，不要這樣……」

一群人七嘴八舌勸慰著她，而女人似乎不信，不斷尖叫，執意往康意廷撲來，康意廷瑟縮了一下，將兒子護在身後，不讓女人得逞，而女人被擋開後，又被眾人好言好語地勸慰：

「莊太太，別這樣，妳這樣抱別人的小孩不可以。」

「是啊！妳快點回家。」

「莊太太，說不定小寄在家裡等妳，妳快回去，要不然晚了的話，小寄會哭的喔！」陳太太突然冒出這樣一句話，而這似乎比眾人的勸阻更為有效，只見女人突地一愣，緩緩移動脖子，掃視眾人，慢慢地問道：

「小寄……在家裡嗎？」

旁邊不論是男是女，彼此瞄了一眼，都很有默契。

「是啊是啊！」

「小寄回家了，妳快回去看他吧！」

「里長來了，里長，這裡！」

只見一名中年男子挺著微突的肚子向這裡跑了過來，他和女人重複著眾人安慰她的話，然後牽著她的手，帶著她離開。

「這是怎麼回事？」康意廷看著女人離開，仍然驚魂未定。

「那個是莊太太，她喔——」陳太太嘆了口氣，「一個多月前，她的小孩在公園裡玩，結果不見了。」

「不見了？」康意廷心頭揪了一下。

「是啊！她說當時公園裡沒有人，小孩子在溜滑梯的時候不見的。但是無論警方怎麼找，都找不到人。」

一、失蹤

「都沒有找到小孩子嗎？」康意廷好奇地問道。

「沒有啊！已經失蹤一個多月了，到現在還找不到人，搞不好已經——哎呸呸呸！說起來這個莊太太也真可憐，她懷孕的時候，好幾次差點流產，好不容易生了一個男孩，又變成這樣。對了！小寄跟哲銘的年紀差不多喔！也都在這間幼稚園上課。」陳太太指著許哲銘身上的制服道。

「啊？真的？」康意廷嚇到。

「也許是因為這樣，她才把哲銘當成小寄。其實她這樣，也挺可憐的……」陳太太嘆了口氣。

手上抱著仍哭泣不已的許哲銘，望著離開的女子，康意廷很難對她憤怒，甚至——多了幾分同情。

如果自己也失去哲銘的話，會怎麼樣？

※　　　※　　　※

康意廷打了一個冷顫，把許哲銘抱得更緊了。

「真的嗎？那妳下次帶哲銘出去的時候，要再小心一點。」坐在客廳的許書維聽完妻子的話，手裡拿著報紙，淡淡地道，康意廷見他如此漫不經心，生氣起來。

「喂！你有沒有在聽我講話？」

「有啊！」許書維抬起頭，表情仍沒什麼變化。

「那你剛剛講那什麼話？」康意廷對丈夫淡漠的態度相當不滿。

「要不然怎麼辦？把哲銘放在家裡，整天都不出去嗎？」許書維看了一下在旁邊玩車子的許哲銘，「他已經夠內向了，再讓他這樣下去的話，他根本沒辦法跟人互動。」

「可是……如果再發生下午那樣的事……」康意廷只要想起命根子差點被人抱走，就不寒而慄。

「所以我才說小心點啊！如果再碰到那個女人的話，就離她遠一點。」許書維是天生的樂觀主義，雖然知道有人強行抱走他的兒子，但在聽到對方的悲慘遭遇後，氣憤也就消失了。

只要是做父母的，都很容易理解那個女人的心情。

「書維，如果有一天……」康意廷托著腮幫子，認真地看著許書維，「哲銘不見的話，你打算怎麼辦？」

許書維一愣，隨即大笑起來。

「不會啦！」

「我是說如果？」

「妳看今天發生這種事，他還不是平安回來了？這個孩子福大命大，加上有妳這個好媽媽在旁邊，怎麼可能會出事？妳想太多了。」許書維滿不在乎地道。

「你一點危機意識都沒有耶！」康意廷假裝動怒。

「我是不想哲銘碰到一點事情就躲起來，這樣以後在學校，甚至社會上碰到一點挫折，不就會一直退縮，沒有勇氣面對事情、解決事情？」許書維認真地道。

許書維說的也有道理，康意廷沒有辯駁。可以的話，她也希望哲銘能夠改變他現在的個性，至少面對事情時，有足夠的勇氣應付。

二、消失

「許太太，妳來了？」在公園裡的李太太見到康意廷時，有點訝異。

「是啊！怎麼了？」康意廷聽出李太太語氣中的驚疑。

「沒什麼，我只是想說發生上次那樣的事情之後，妳還敢帶妳兒子出來啊？」李太太看著康意廷身後跟著的許哲銘。

「要不然怎麼辦？總不能整天都窩在家裡吧？」李太太的存疑，其實也是康意廷心中的不安，只是因噎廢食也不是辦法，總不能成天和許哲銘待在家裡，兩個人大眼瞪小眼。

所以，她偶爾還是帶著許哲銘出來透透氣。

「這……也是啦！」李太太也不好強制干涉，「小心一點就好了。」

「嗯。對了，那個莊太太……她也是住附近的人嗎？」康意廷問道，想要知道那個失去小孩的母親更多狀況。

「對啊！她就住在前面那個社區。」李太太指著前方一棟十來層樓高的大樓。

「她住那裡啊！」距離這麼近，看來她得更小心點。

「是啊！兒子不見了，老公也不回家，現在只剩她一個人在家了。」李太太嘆了口氣。

「老公不回家？」康意廷愣了下。

「是啊！聽說自從她兒子不見之後，她老公就對她很不諒解，常常早出晚歸，聽說最近根本沒看到她老公，搞不好沒回家了。」李太太努力回想收集到的情報。

她完全——無依無靠了吧？

連老公也不諒解，甚至離開，難怪她會想要搶別人的小孩，她的精神狀況——已經失常了。

二、消失

「媽媽……」許哲銘拉著母親的衣角，康意廷看著他，小小的臉蛋滿是渴望，「我想玩。」他指著前方。

「好呀！」

「妳陪我一起玩。」許哲銘要求著，如果是平常的話，康意廷可能會催他自己去玩，不過在發生那種事之後，她拉起他的手。

「好，媽媽陪你去。」

「許太太！李太太！」洪太太臉色慘白，倉皇跑到康意廷跟李太太的面前，兩個女人還來不及發問，洪太太就急急追問：

「妳們有沒有看到小健？」

「小健？沒有啊！」李太太搖搖頭。

「他會去哪裡了？」洪太太急得淚水在眼眶裡打轉，一向善於打扮的她，如今連妝容也掩飾不了無助。

「洪太太，發生什麼事了？」康意廷追問，卻見洪太太蹲了下來，手捂著臉哭了起來。

「他不見了！」

什麼？康意廷呆呆地看著洪太太，手裡緊緊抓著許哲銘，她沒記錯的話，洪太太的兒子年紀和許哲銘差不多，兩個人還在同一間幼稚園上課呢！

「妳有沒有再找找看？」李太太蹲了下來安慰她。

「我都找過了，沒有看到他……我本來在跟他玩蹺蹺板，結果……他到半空中就消失了……我找不到小健，我的小健……」洪太太越哭越大聲，引來附近民眾的圍觀。

「怎麼了？」

「洪太太怎麼了？哭成那樣。」

「小健不見了。」李太太一說明，群起嘩然，而洪太太見眾人都在眼前，也顧不得面子，央求大家：

「拜託，幫我找一下小健，拜託！」她原本就蹲在地上，此時乾脆跪了下去，拜託大家。

「洪太太，妳別這樣。」

「我們幫妳找就是了。」

「大家一起去找吧！」

此番一吆喝，圍觀的民眾立刻散開，在公園裡到處聽得到尋人的聲音，此起彼落。

「小健！小健！」

「小健！你在哪裡？」

「小健——」

看著眾人都在找人，康意廷緊緊抓著自己的小孩，心裡相當不安，每一個有孩子的母親，都有可能失去自己的寶貝……

「媽媽——」許哲銘臉色扭曲，「好痛！」

「喔！對不起。」康意廷趕緊放鬆，不過仍然抓著他的手不放。

「媽媽，我還可以再玩嗎？」許哲銘隱隱約約知道發生大事，不過那畢竟不關自己的事。

「我們今天先回家吧！」

「喔……好。」

※　　※　　※

康意廷並沒加入尋人的行列，她決定先帶許哲銘回家。失蹤的都是孩子，她不想她的孩子也成為其中一員……

讓她在意的，是洪太太的話。

「我都找過了，沒有看到他……我本來在跟他玩蹺蹺板，結果……他到半空中就消失了……我找不到小健，我的小健……」

還有陳太太也說了：

「……是啊！她說當時公園裡沒有人，小孩子在溜滑梯的時候不見的。但是無論警方怎麼找，都找不到人。」

二、消失

她們的小孩，都是莫名其妙失蹤的。

雖然失蹤小孩的媽媽不會承認自己的疏失，但她們也不可能故意讓小孩失蹤，因此，她們的話讓康意廷的心中存著疙瘩。

不可能的，小孩不可能無緣無故消失的……她搖了搖頭，一定是被哪個心懷不軌的人帶走的。

「媽媽，」一放學回家就待在家裡一隅玩著玩具的許哲銘問道，「洪明健為什麼還沒來上課？」洪明健是洪太太的小孩，失蹤的小健。

「這個……」康意廷不知道怎麼解釋，她不想讓兒子幼小的心靈蒙上陰影。

「是因為他不聽媽媽的話，所以不見了嗎？」

康意廷一愣，她沒想到內向的許哲銘會早熟地講出這種話，一時不知如何反應，只能順著他的話：

「是呀！」

「那我會聽妳的話，不會不見。」

康意廷心頭一揪，她的孩子向來內向，有時文靜得令她懷疑是不是跟早產有關，以至於成為自閉兒？帶去醫院檢查，卻又一切正常，純為天性氣質使然，她只能自我安慰，孩子健健康康就夠了，沒想到他竟如此窩心。

「好，哲銘好乖。」

「那我要玩玩具了。」許哲銘拆開堆好的積木，又拿出車子，一個人在角落玩。

有時候，乖得過分的小孩，難免令人心疼。

「哲銘，你……要不要出去玩？」康意廷開口了，總不能成天把小孩關在家裡吧？今天已經是第六天了。

「可以嗎？」許哲銘抬起頭，小小的臉蛋有著興奮的光采。

「當然可以呀！媽媽相信哲銘會很乖的。現在，把玩具收好，我帶你出去玩。」

「耶！」

二、消失

提到玩，幾乎所有的小孩都一樣，許哲銘跳了起來，迅速把積木收好歸位，快速穿上鞋子，然後跑到在門口等待的康意廷身邊，牽起她的手。

「我收好玩具了。」

「好乖，等一下不要亂跑，要聽媽媽的話知道嗎？」康意廷在出門前，總是會如此吩咐。

「好。」

※　※　※

帶著小孩到了公園，受到小孩失蹤的影響，公園裡的人少得可憐。

現代小孩的活動空間受限，不是高樓大廈，就是車水馬龍，僅存不多的綠地則改建成公園。而現在又發生失蹤的案件，公園裡沒多少小孩，僅有的兩、三名小孩身邊緊緊跟著成人。

「許太太，妳也來啦？」趙太太見到她，眼睛亮了起來。

由於附近都是新興社區，這幾年才落成的，四房或三房的格式適合小家庭居住，所以年輕夫妻居多。而這群年歲相彷，或是小孩年紀差不多的太太也常聚在一起，彼此交流分享生活或是育兒心得，慢慢建立起感情。

「趙太太，妳也出來了啊？」見到有伴，康意廷相當開心。

「是啊！要不然成天窩在家裡，悶死了，所以我今天才把昱成帶出來。」昱成是趙太太的小孩。「都是最近失蹤兒童的事情，鬧得人心惶惶的。」趙太太嘆了口氣。

「妳老公不是在警局上班，他怎麼說？」

「沒怎麼說，因為都沒目擊證人，也都沒有人看到小孩子的下落。現在只好先用失蹤兒童處理，不過——不樂觀。」

「那麼不好找嗎？」

「每年都有上百件兒童失蹤的案子，還有很多案子沒破，依我看，要找到的機會恐怕很低……」

康意廷臉色沉了下來，連居家環境都不安全，他們還能往哪去？

見自己的話讓康意廷大受影響，趙太太忙以輕鬆的語氣道：「不過事情都很難說啦！搞不好明天小健就出現，到時候大家就可以鬆一口氣了。」

「嗯。」

「我先去昱成那邊一下。」趙太太看籃球場上的小孩似乎起了爭執，暫時離開康意廷。

康意廷牽著許哲銘的手，望著空盪盪的遊樂設施。平常這個時候，這裡幾乎擠滿了人，有時候小朋友要玩還得排隊，這禮拜卻連個鬼影也無，玩具全成了棄物。

「哲銘，你要玩什麼？」

「我想玩溜滑梯。」

「那我們去吧！」康意廷牽著他到溜滑梯前，許哲銘興奮地從樓梯上去，再從滑梯下來，加速的快感讓他開心不已，忍不住大叫起來。

「哇！好好玩喔！」

許哲銘再次從樓梯爬上去，坐到滑梯上面，轉頭問康意廷：

「媽媽，其他的小朋友呢？」連這麼小的孩子，都能感受到公園的氣氛詭變。

「他們……都回家了。」康意廷沒想到許哲銘會問出這個問題。

「可是天空還很亮。」他記得之前天空還亮著的時候，公園裡是充滿小朋友的。雖然他暫時沒辦法容入他們，不過仍是渴望同伴。

「今天小朋友不想出來啊！」康意廷只能動腦筋，用簡單的話解釋給小朋友聽。

「他們為什麼不出來？公園不是很好玩嗎？」

「這……」康意廷一時詞窮，她不想把真正的原因告訴他，這不是他的世界該知道的事，「我也不知道。」

「媽媽妳也有不知道的事啊？」許哲銘張大眼睛，充滿訝異。

「是啊！」她投降。

二、消失

「我以為妳什麼都知道呢！」許哲銘認真地道，似乎發現了一件不可思議的事。

「對，媽媽不是什麼都知道。」

「媽媽跟我一樣。」康意廷被孩子的童言童語逗得笑了起來，有時候，孩子的確是個寶呢！

許哲銘滑了下去，又要求道：

「媽媽，我們去玩蹺蹺板，妳跟我一起玩好不好？」沒有其他小孩坐在另外一頭，許哲銘只能要求大人。

「好啊！我們走。」

母子兩人又到蹺蹺板，許哲銘先坐上去，康意廷再坐在另外一頭，瞬間就將許哲銘送到空中。

「耶！」

隨著康意廷的上下移動，許哲銘也在空中一上一下，能夠在戶外，又能暢快地玩耍，許哲銘顯得相當開心。
當騰到空中的時候，許哲銘跟母親打招呼：
「哈囉！媽媽！」
在底下的康意廷則揮手跟他打招呼，再墊起腳尖，將許哲銘送回地面，孩子興奮地大叫，絲毫沒有被周遭的氣氛影響。
「好玩嗎？哲銘？」
「好玩呀！媽媽，我想去盪鞦韆。」許哲銘指著空盪盪的鞦韆，今天，這裡的玩具像是他專屬的，沒有人會跟他搶。
「好啊！」得到母親的許可，許哲銘立刻衝到鞦韆旁，康意廷也跟了上去。
許哲銘坐在鞦韆上，對著母親要求：
「媽媽，妳幫我推。」
「好。」康意廷在他的背後輕輕推。
「太輕了啦！大力一點。」

二、消失

「你不會怕嗎？」

「不會，妳再大力一點啦！」小小的震幅怎麼滿足得了孩子追求刺激的心理呢？許哲銘抗議著。

「好，這樣呢？」康意廷加強力道。

「再高一點，再高一點。」

「你要飛到空中啊？」康意廷笑著問道。

「對啊！」

「會跌下來喔！」

「不會啦！媽媽，妳再推高一點嘛！推高一點！」

難得兒子今天這麼開心，就讓他恣意地玩耍吧！康意廷用力推他，許哲銘在空中的笑喊聲讓她滿足，孩子，多麼快樂啊！她的手也不停歇，繼續往前推，然後，看著他的身影在空中……消失？

鞦韆落了下來，空盪盪的。

康意廷眨了眨眼，又眨了眨眼，腦筋一片空白，她下意識地抓住鞦韆兩側的鐵鍊，鞦韆的坐板還在搖晃，上面卻什麼也沒有。

孩子……消失了？

「哲銘！」她尖叫起來。環視公園，以為他飛落到什麼地方，正在傷心地哭泣，可是，連孩子的哭泣聲也沒有。

康意廷離開鞦韆，用她的眼力搜尋，她的視力很好，從未戴過眼鏡，連散光都沒有，從來沒有眼睛方面的困擾，但是無論前後或左右，全都沒有許哲銘的身影。

她感到天在旋轉，地面也在浮動，她眨了眨眼。孩子呢？孩子跑哪去了？他就眼睜睜從自己面前消失，連笑聲也不見了。

「哲銘！」康意廷驚懼地大叫。

「許太太，怎麼了？」趙太太出現在她面前，見她臉色慘白。

「哲銘他、他不見了！」康意廷一把捉住趙太太，仍無法壓下心中的駭然。

二、消失

趙太太也嚇了一跳：「怎麼會不見？」

「我正在跟他玩盪鞦韆……我正在推他，他就不見了……他是不是掉在哪裡？他跑哪去了？」康意廷在公園裡跑來跑去，就是不見許哲銘的蹤影，而其他的小孩和大人，也都停下原來的活動。

「許太太，妳鎮靜點。妳再想想看，哲銘會在哪裡？」

「他不見了，消失了……」康意廷急得眼淚直流，她終於明白那些失蹤孩子的媽媽的話。

「妳別急，我們幫妳找他。」

「好、好，你們幫我找，拜託你們，幫我找他。」她知道孩子不見得蹊蹺，卻仍存著一點希望。

孩子……突然消失了……

「……我本來在跟他玩蹺蹺板，結果……他到半空中就消失了……我找不到小健，我的小健……」

還有陳太太也說了：

「……是啊！她說當時公園裡沒有人，小孩子在溜滑梯的時候不見的。但是無論警方怎麼找，都找不到人。」

為什麼她的孩子也變成其中的一員，為什麼？

康意廷開始自責，為什麼要帶他出來？在家裡不是好好的嗎？為什麼要到公園玩？如果不到公園的話，就不會發生這種事了。

「哲銘！哲銘！」康意廷對著公園大喊，卻沒有孩子的回應。

他失蹤了、消失了……

空氣中傳來找人的聲音，卻衝不破那奇異的、凝滯的氣息，濃烈得幾乎爆破，火焰從地獄竄出焚燒，煎熬著每一顆失去孩子的母親的心。

三、夢境

「哲銘！」

看到孩子在前方，康意廷往前奔跑，蹲了下來，緊緊抓住許哲銘的手臂，幾乎要嵌進他的肉裡面去了，而孩子毫無反應，默默承受。

「你這孩子到底跑去哪了？為什麼讓我找不到？」看到孩子安然無恙，康意廷流下激動的淚水。

「媽媽……」許哲銘怯怯地叫著，不敢講話。

「不可以再這樣了，知道嗎？不可以讓媽媽找不到！」康意廷迫使孩子許下承諾，許哲銘只能點了點頭。

看到孩子應允了，她鬆了口氣：

「你知道嗎？你不在的話，媽媽會好傷心、好傷心，不可以再讓媽媽難過了。說，你剛剛究竟去哪裡了？」

「我……」許哲銘低著頭。

「哲銘？」

「我……我不知道。」

「什麼叫你不知道？你這樣亂跑，讓大家多著急啊！每個人都在找你，你這樣子對嗎？」心頭的擔憂傾洩而出，在看到孩子那畏怯的表情之後，不忍苛責，只道：

「下次不可以再這樣了，我們回家吧！」

「好。」

康意廷站了起來，拉著許哲銘準備回家，卻拉不動孩子，許哲銘站在原地沒有前進，康意廷再度拉了拉他的手，孩子仍然沒有動靜，她轉過頭，低下去喚他的名字：

三、夢境

「哲銘——」

沒有臉。

孩子的眼睛、鼻子——五官全都不見了！只剩下黑漆漆的一個洞，連骨頭都看不到，像是被怪物吃掉，沾滿黑色的唾液，濃稠而奇異的黑色液體流了下來，整張臉都不見了。

康意廷倏然鬆開了手，恐懼如毒蛇爬上了身，她尖叫了起來——

「啊——」

※　　※　　※

康意廷尖叫著，醒了過來！

「意廷，怎麼了？」正在熟睡的許書維被妻子的驚叫聲吵醒，連忙跳了起來。

康意廷坐了起來，哽咽著，半晌，才能說出話來：

「我看到哲銘……我看到他了……」

「意廷，那只是夢……」許書維難過地安慰著。

「我看到他……我真的看到他了……」她抱著頭，淚水不斷流出來，「我還抱了抱他，還跟他說話，但是——」她恐懼起來，緊緊抓著丈夫，「他沒有臉！書維，他的臉不見了！不見了！」

「意廷……」

「他沒有臉……也不知道在哪裡？他的臉不見了……」康意廷感到無助又慌亂，完全失了方寸。

「沒事了，那只是夢，沒事……」

「書維……」

許書維花了近半個鐘頭時間，才能安撫激動的妻子入睡，不過他知道，康意廷沒辦法好好地睡覺，她的思緒全被哲銘占滿了。

哲銘……

許書維感到心頭狠狠一痛，那是被人用刨刀削下一大塊肉來，而那傷口，始終無法癒合。

一個多月了，哲銘已經失蹤一個多月了。

這一個多月，他除了要接受哲銘消失的事實，還得安撫精神不穩定的妻子，早上要上班，晚上也不得好眠。這一個多月來，他心力交瘁，不知道黑暗什麼時候才會度過？

哲銘……到哪裡去了？

孩子的失蹤，他很難相信是康意廷的錯，她是那麼盡心盡力地照顧家庭，孩子會不見，她的懊惱鐵定比他更甚。

只是，失去孩子的痛苦似乎無窮無盡。

許書維坐在床頭，卻怎麼也沒有睡意，而離天明還有一段時間，他只是坐著，默默地發著呆。

沒有了哲銘，白天和晚上都是一樣的。

望著妻子的容顏，他明白，康意廷已經被自責悔恨啃蝕得體無完膚，就連睡覺，也能進入如此淒厲的夢境，他實在不忍苛責。他已經失去了孩子，還能再失去妻子嗎？

許書維坐到天方亮、康意廷醒來之際，仍沒有入眠。

「書維……」康意廷看到丈夫坐著，知道他沒有睡覺。

「妳醒來了啊？」許書維下了床。

「你要去哪裡？」

「我要去上班了。」許書維走到衣櫃，開始拿出工作要穿的衣服，他的動作是那麼緩慢，孩子的失蹤，影響了所有人的作息。

看著丈夫的舉動，康意廷更加自責，這些日子來，許書維沒有說過一句怪她的話，但是她知道，兩人的心情是一樣的，而她只顧著陷於自己的悲傷裡面，忘了他也是痛苦的。

「書維，我……」她哽咽地說不出話來。

「錢我放在這裡，」許書維將錢放在梳妝檯上，「妳不想煮的話，就到外面買個吃的，不要又忘記吃了，不想去外面吃的話，廚房有麵包，冰箱裡有水餃，晚上我會買便當回來。」

「書維……」

「我走了，再打電話給妳。」許書維朝康意廷擠了個微笑，看起來只是肌肉牽動而已，更令人不忍。接著轉身離開了。

康意廷再也抑制不住，失聲痛哭，將被單都濡溼了……

※　※　※

坐在公園的鞦韆上，康意廷發著呆，她想像或許這樣，哲銘就會從空中冒出來。

她很清楚當她跟其他人講許哲銘消失時，眾人都以為他失蹤了，或是被人抱走了，而熱心地到處尋找，她也沒有阻止，因為她期盼在眾人的尋覓之下，兒子能因此出現。

但是……哲銘消失了，他是徹徹底底地消失了，他盪呀盪的，在空中消失了……

她沒有試圖去解釋，因為，哲銘可能會再出現，而解釋的下場，很可能她會被送去精神病院。

她沒有瘋！她不要去精神病院！到了那邊，連找哲銘的機會都沒有了。

「妳有沒有看到小寄……有沒有……」一個細弱且卑微的聲音傳了過來，康意廷轉過身，赫然是那名曾經抱走哲銘的女人！她眼窩凹陷、顴骨高聳，整個人瘦弱得有點恐怖，像是骨頭隨時會蹦出來。

而莊太太顯然忘記自己曾擄走康意廷的小孩，不該出現在她眼前的。

「小寄……是妳的孩子嗎？」康意廷看著莊太太，知道自己很有可能會淪為跟莊太太一樣的境況。

「是啊……」莊太太悠悠地道，在她旁邊站著。

「他是怎麼不見的？」

莊太太兩眼茫然，露出困惑，乾燥的嘴唇吐出：

三、夢境

「他明明在溜滑梯啊……我只是一轉頭，真的，我只是轉頭一下下而已，真的只有一下下而已，他就不見了……」到現在她仍然不清楚，只不過是轉頭的空檔，為什麼小孩子就不見了。

康意廷心下有個感覺，她的小孩似乎跟哲銘一樣，突然就莫名其妙地消失了。彷彿蒸發在空中，瞬間就不見人影……

明明天氣暖呼呼的，她卻全身發冷。

「我的小孩……也不見了。」康意廷茫茫地看著她，知道眼睛裡面，有一個跟她一樣的靈魂，而且脆弱許多。

「妳的小孩……也不見了？」莊太太相當訝異。

「是的，他本來在這裡盪鞦韆的，」康意廷前後晃動，「盪呀盪的、盪呀盪的，後來就——不見了。」

「妳的小孩……也不見了……」

「哲銘不見了……我到處找他，可是他不見了、消失了……」回想起哲銘從她眼前硬生生消失的那一幕，康意廷忍不住悲從中來，低頭掩泣。

如果他跌倒了，她可以扶他一把；如果他受傷了，她可以幫他擦藥……而不是像現在，硬將哲銘從空中抽走，連搶救的機會都沒有。

哲銘……

突然間，有人摟住了她，是莊太太。

「不哭、不哭……乖……不哭……不哭……」她摟著康意廷，輕輕地安慰著。

被一個陌生人抱著，康意廷感到有些恐懼，但是對方的處境跟自己一樣，心情一樣，她甚至大方地伸出雙手，給自己溫暖的擁抱，那受傷的心靈，稍稍得到撫慰了……

※　　※　　※

莊太太離開了，康意廷依舊坐在鞦韆上，靜靜地盪呀盪。

她有個不切實際的想法，如果她也這麼消失的話，那麼，就可以知道哲銘去哪裡了。

明明知道不可能，她仍盼望著同樣的事情發生在自己身上。

如果她也是小孩的話，就可以消失了嗎？消失的話，她就可以知道那些孩子到哪裡去了嗎？為什麼消失的都是小孩？為什麼要讓這些無辜的小孩莫名其妙地消失？

康意廷看著公園裡的其他人，現在幾乎沒什麼人來公園，不管是大人還是小孩，都被孩童失蹤的事件影響——

「哈哈！」

一陣嘻笑的聲音傳來，只見兩名小男孩跑進公園，顯得格外的突兀。

康意廷認得他們，他們是這附近出了名的「猴死囝仔」，由於父母忙於工作疏於管教，所以兩兄弟常常玩到全身髒兮兮的才回家，甚至會和公園裡的小孩子起爭執或打架，久而久之，大多數的父母都會吩咐自己的小孩，不要接近他們。

「哥哥，你看都沒有人耶！」看起來五、六歲的小男孩興奮地道。

「對啊！我就跟你講，現在來的話，都不會有人，我們想要玩什麼都行。」

看起來讀國小的大男孩開心地道，用手揉了揉鼻子。

「那邊有人耶！」小男孩往康意廷這邊看來。

「不用管她！」

兩兄弟在公園裡毫無顧忌，橫衝直撞、大吼大叫，拿著樹枝破壞公園裡的植物，粗魯的行為幾乎要將遊樂設施拆掉，看著他們的行徑，康意廷不禁想起哲銘的斯文，還有他的貼心。

同樣都是孩子，為什麼偏偏是自己的哲銘消失？

不是她狠心，惡劣得只想讓別人的小孩消失，而是她的哲銘是那麼乖巧，他的消失讓更多人扼腕。

康意廷陷在濃烈的氛圍當中，那股對孩子的思念，龐大到令她想蒸發，那可以令她不會這麼痛苦……

三、夢境

然而那終究只是枉然，現實一向都是殘酷的。

康意廷深深吸了口氣，讓自己振作起來，她得讓自己不被自己打敗，才能找回哲銘。

此刻她發現一個男人，衣服凌亂，滿臉鬍渣，蓬頭垢面，朝在溜滑梯上玩耍的小男孩走去，而他的雙手舉在空中，像是有所企圖，康意廷警戒起來，看著他的動靜。

更詭異的是，小男孩坐在滑梯的中間，一動也不動，臉上笑得很燦爛。

而一旁的大男孩，正拿著樹枝練劍，揮擊著樹幹。他似乎揮到一半，整個身子如同定格，看不到他弟弟身後的男人。

而空中……沒有流動的空氣，就連一隻飛過她眼前的白色粉蝶也停在空中。

停在空中？

康意廷用力眨了眨眼，蝴蝶要是沒有揮舞翅膀的話，應該很容易掉下來吧？然而眼前的粉蝶不但沒有飛舞，甚至就在她面前定格，她站起來，準備伸手輕輕一抓——

康意廷轉過頭，看到鞦韆以微微角度往上翹，並沒有落下，整個時間像是停止了。

可是，時間如果停止了，為什麼那個像遊民的男人，還能抱著在溜滑梯上的小男孩，準備離開呢？而小男孩猶如不動的傀儡，臉上依舊是開心的表情，甚至他的身子，還是維持著從溜滑梯往下衝的姿勢，在這種情況下被男人抱走，顯得格外怪異。

「喂！」康意廷大叫，即使是別人的小孩子，她也不能容許被抱走。

那男人回過頭來，看到康意廷，嚇了一大跳，連忙加速跑走，可是抱著小男孩的他，沒辦法跑太遠，很快就被康意廷追上了。

「你在做什麼？」康意廷追上了男人，捉住了他的肩，想將小男孩搶回來，而男人雙手一鬆，小男孩就跌到地上。

小男孩既沒有呼痛，也沒有大叫，臉上仍是那副開心的表情，整個身體仍是維持溜滑梯的姿勢，於是落地的他，背部著地，雙腳舉高，整個人像是木偶似的，完全沒有反應。

「我沒有！我沒有！」男人放棄小孩，退到一旁，害怕得大叫。

「你為什麼抓小孩？」

「我沒有！我沒有！啊啊！我沒有——」男人一直往旁邊退，一直揮手否認，想要將康意廷趕走，而康意廷聯想起最近的小孩失蹤案件，不禁怒火中燒。

「你為什麼要抓小孩？說啊！」

「沒有、我沒有！啊——不要——不要啊——」男人不斷地大喊，他雙手摀面，發出淒厲的叫聲。

那叫聲之淒厲，讓康意廷的耳膜幾乎震破，隨即就見到男人用手指抓著自己的臉，不斷地抓，他的皮膚被指甲劃破，十指刺進肉裡，甚至有的手指還刺進眼眶，康意廷見了，驚恐萬分，幾乎要跟著大叫起來。

可是她喊不出來，眼前的景象令她太過震撼，喉嚨失去了作用，只能看著男人不斷破壞自己的臉孔，接著，黑色的「血液」汩汩流出——

他的手指像是嵌進豆腐裡似的，很快的，男人的臉整個被抓爛，然後倒地，即使在倒地之後，他還在抓自己的臉，黑色液體仍然不斷流著。

偏偏他的喉嚨還不停喊道：

「不要……拜託……不要……」

康意廷想要作嘔，又吐不出來，腳像定住似的，無法動彈，只能眼睜睜看著這一切發生。

男人不斷在臉上挖出黑色液體，他的眼眶被破壞了，鼻子也被扯壞了，嘴巴更是無可避免，他一邊大喊，他一邊朝喉嚨深處挖掘，整張臉被破壞到沒有一處完整的地方，直到這時候，男人才斷氣。

哲銘……

康意廷腿軟了，她跪了下來，看著男人失去臉的頭顱，那場夢又重新回到腦袋……

三、夢境

是夢嗎？又是一場夢嗎？

康意廷閉上眼睛，再用力打開，男人的屍體還在眼前，小男孩的身體還在她的身邊，仍然維持那個奇怪的姿勢，不曾動彈。

她抬頭看看天空，雲朵沒有流動，就連樹上的小鳥，也如錄放影機定格似的，全部沒有動靜。

她的腦袋一片混亂，像是被人重擊似的，無法思考，她站了起來，離開現場，離開公園。

這是夢、這只是一場夢——

康意廷加速地想要離開這場夢境，然而在她幾次跌倒，身體傳來疼痛之後，她發現——這並不是夢。

她看到公園旁那間熟悉的便利商店，有個學生正從裡頭走出來，而他手上的飲料正要落下，他的臉孔驚惶，來不及抓住那瓶落下的飲料，而那瓶飲料也停在空中，沒有落地。

而馬路上原有的車水馬龍，此刻萬籟俱寂；行人本當行色匆匆，卻都停留在原地。

世界，是一片死寂。

※　　※　　※

走在路上，康意廷的腦袋一片混亂，怎麼了？到底發生了什麼事？為什麼她的世界忽然變成一片死寂？

她頹喪地坐在路邊停著的摩托車上，不知道該怎麼辦？

是夢嗎？她想說服自己這不過是場夢，卻醒不過來。什麼都沒有在動，所有人、所有事物都靜止了，就像是——時間定格了。

時間，會停住嗎？

這個想法讓康意廷大吃一驚，卻無法否認，遠處一臺肉眼可見、準備降落的飛機，此刻也停留在半空中。

所有的動作，完全停在那一剎那。

三、夢境

真的……停止了嗎？如果時間完全停在這一瞬間，那她該怎麼辦？

良久，康意廷才慢慢消化完這震懾，然而任憑她的時間慢慢流逝，一切還是沒有改變。

一、二、三……

她開始在心裡默讀秒數，希望時間只是緩慢而已，並不是停止。

兩百五十七、兩百五十八、兩百五十九……

康意廷看著天色，希望能夠回復到原來的一切。

三千七百二十一、三千七百二十二、三千七百二十三……

七千兩百秒之後，應該過了兩個鐘頭了吧？應該晚上了吧？然而天色大明，太陽還在空中，毫無下沉的跡象。

時間，仍然沒有變化。

真的就這麼停止了嗎？完全無動靜了嗎？如果時間的軌道不再運轉，她在時間的夾縫中該如何生存？

只剩她一個人了嗎？

一個人——

不！不要！她不要只有一個人！她還有丈夫啊！心頭慌亂的康意廷，想起了她的伴侶，想要去找許書維，就算這世上所有的人都不在了，她還有她的丈夫——

但是在對街的公車站，一輛巴士正停在站牌前面，有人準備上去，腳踩在踏板上面，而公車司機口中嚼著檳榔，檳榔渣也停在了半空……她明白，就算自己上去了，公車也不會行駛。

她慢慢向前走，所有的人事物都停在同一個時間點上：旁邊麵包店裡，一個購買麵包的婦女在排隊，店員遲遲沒有收錢；摩托車騎士因高速飆車，他的頭髮一根根飛向後面，彷彿刺蝟似的；一個男人正在講電話，激動的表情凝結在他的臉部。

沒有動靜，當然也沒有聲音，一切都停止了。

三、夢境

無助的康意廷在馬路上哭了起來，就算她找到許書維，那又怎麼樣？他對她來說，只是個木頭人而已，他只會站在她的面前，毫無動靜，他不會跟她講話，不會陪她說笑——

只有她一個人，這個世界，只有她一個人——

四、停止

「阿姨，妳在哭什麼？」一個柔軟而細滑的聲音傳進耳朵，康意廷抬起頭，一個穿著碎花洋裝，頭上綁著兩條辮子，看起來約六、七歲，相當清秀的小女孩站在她面前。

康意廷看著小女孩，淚水瞬時凝住。

「妳……」

小女孩歪著頭看她，康意廷見到有個能說、能動的人站在她面前，激動地上前抓住了她。在這什麼都不會動，連呼吸聲也聽不見的世界，見到有人能與她交談，猶如溺水的人抓住浮木，即使對方只是個小女孩，她仍緊緊抓著她不放。

「好痛……」小女孩吃痛，康意廷馬上放開了她。

四、停止

「對不起，小妹妹。」

「沒關係，」小女孩揉了揉有些發疼的手臂，繼續問道，「阿姨，妳在哭什麼？」

「阿姨沒有哭，沒有……」在一個小孩面前哭，真的滿丟臉的，康意廷連忙擦了擦淚。

「喔！」小女孩仍舊注視著她。

康意廷努力呼吸，以平息心頭的激動，她看著小女孩，再看到四周的環境仍舊沒變，只有她和她在交談，不禁訝異地看著和她同在時間夾縫中的小女孩，她不害怕嗎？

「小妹妹，妳……怎麼會在這裡？」

「我出來玩啊！」

「妳一個人出來，妳爸爸媽媽不會擔心嗎？」

「他們才不會管我呢！」小女孩手放在背後，搖晃著身子，裙擺因她的搖晃而微微飄動。

「妳的爸爸媽媽呢?」面對時間停止的狀況，這小女孩為何能如此坦然?康意廷有些困惑。

「他們在家裡啊!」

「他們……」他們也和這時間一樣，停住了嗎?還是跟這個小女孩一樣，能夠活動?康意廷有些遲疑，開口:「他們在做什麼?」

「我不知道，反正他們不跟我玩，」小女孩抬起頭，期盼地道，「阿姨，妳跟我玩好不好?」

「我……對不起，阿姨沒空。」處在這寂靜的世界，她不知道該怎麼辦。

「騙人，妳明明就在這裡，怎麼會沒空?」小女孩毫不留情地揭破她的謊言，語氣微慍。

康意廷愕然，不知道要怎麼應付這小女孩。

小女孩為什麼會出現在這裡?為什麼她對四周的變化毫無恐懼?難道她沒

四、停止

發現不對勁嗎？

冷靜之後，康意廷開始對小女孩感到警戒。

「阿姨只是……只是在找我的小孩。」

「找誰？」小女孩眨了眨漂亮的大眼。

「阿姨的小孩不見了、消失了……」

「那阿姨妳要不要來我家找？我家有很多小孩子喔！」小女孩語出驚人，讓康意廷為之震懾，整個人幾乎要彈跳起來。

「妳、妳說什麼？」

「我們家有很多小孩喔！妳可以過來看看有沒有妳的小孩。」小女孩抓起她的手，朝前方走去。

「小妹妹，妳在說什麼？」

「妳來看看嘛！」

康意廷有些抗拒，但……哲銘會在那裡嗎？懷著一線細弦般的薄弱希望，康意廷跟著小女孩離開。

※　※　※

已經無法去計算時間，時間對她來說沒有意義。不知道走了多久，康意廷跟著小女孩來到她的家中，她家是獨棟的透天別墅，在這一帶所費不貲，不難看出小女孩的家境優渥。

康意廷跟著小女孩進入家中，華麗的大廳讓人感到壓迫，而空氣中隱隱散發出腥羶的味道，卻又不知從何而來。

「阿姨，這裡。」小女孩極其熱心，招呼康意廷到樓上。

康意廷不自覺地跟著她走，除了她們在動之外，外面的世界仍是凝住靜止的，就像果凍似的，包住了所有事物。

「妳帶陌生人回來，爸爸媽媽不會生氣嗎？」除了小女孩，康意廷沒看到任何人。

「不會啦！他們不會管我的。阿姨，妳過來，在這裡。」小女孩打開一道房間的門，站在門口，示意康意廷進去。

康意廷緩緩地走了進去，眼前的景象卻讓她震懾了。

房間裡有七、八個小孩，年紀看起來都差不多，他們全都在小女孩的房間，沒有動靜，也不像死亡，他們或站或坐，有的在生氣，有的在哭，臉上甚至還有淚痕，有的表情無奈，手中拿著玩具。

像是關節可動的娃娃，隨著主人的喜好，轉換成各種動作。裡頭還有小健——洪太太的兒子，那是她唯一認識的小孩——

一股奇異的感覺爬上了她的背部，直竄腦門，康意廷感到身子冷冰冰的，手指也不禁發抖，她啞著喉嚨問道：

「這是……怎麼回事？」

「阿姨，妳看看裡面有沒有妳的小孩？」小女孩一派天真，大方得像是要分享玩具給其他小朋友。

「他們……怎麼會這樣？」孩子的表情各異，沒有變化的他們，宛若木偶畫上開心的表情，卻沒有真正的生命。

「他們都是我的朋友啊！」小女孩坐在床上，認真地道。

「朋友？」

「對啊！只要我覺得無聊的時候，爺爺就會出去找朋友給我，妳看，爺爺幫我找了這麼多。」小女孩坐在一堆毫無生命力的兒童之間，像是尊貴的女王，揮舞著隱形的魔法。

「妳爺爺……」

「對啊！爺爺最疼我了。」提到爺爺，小女孩笑得好開心。

這是相當詭異的狀況，這些小孩子明明處於活躍、奔放的活動當中，卻突然動也不動，像琥珀中的蚊子，倏然被凝住，毫無反抗的能力。

「他們……都是妳爺爺找來的？」

「對啊！妳看，只要我叫他們不要動，他們就不會動，我很厲害吧？」小女孩得意地道。

四、停止

「妳叫他們不要動，他們就不會動……」康意廷相當混亂。

「對啊！妳看他們都不會動，其他人也都不會動，」小女孩指著外面，「妳看他們都有聽我的話。」

康意廷感到不可思議，難道——這一切都是她搞的鬼？

「妳可以讓所有的東西都停下來？」康意廷感到喉嚨乾乾的。

「對啊！他們都會聽我的話，」小女孩得意洋洋，不過隨即露出困惑，「可是阿姨，好奇怪喔！妳沒有聽我的話，還是在動耶？」

康意廷退了一步，渾身打顫。

「妳說……什麼？」

「妳為什麼會動啊？爺爺說過，所有的東西都可以聽我的話啊！可是阿姨妳不是。阿姨，既然妳會動，妳就跟我待在這裡好不好？」

康意廷喘不過氣來，這樣的話令人驚駭。

「不——」對小女孩有深深的恐懼，康意廷只想遠離她。

「阿姨……」

「走開！」康意廷跌跌撞撞，離開小女孩的房間，小女孩追了上來。

「阿姨，外面沒有人會跟妳玩喔！大家都不會動了，妳可不可以陪我？」小女孩渴望地說著。

「不！」康意廷慌亂地想要逃開，她衝到了樓下，卻忘了來時的路，反而跌到另外一個未上鎖的房間，她無意間闖了進去，景象卻讓她作嘔——

床上有名女人，脖子正被利刃割開，氣管動脈都露了出來，而手握利刃的是名臉色凶狠的男人。床上都是血漬，地上也是，有幾滴血滴灑在空中，尚未落地，一副駭人的凶殺畫面被硬生生地定格，而她闖入了凶案現場。

康意廷雙腿虛軟無力，跌了下來。

小女孩走了進來，面無表情。

「妳看，他們一天到晚吵架，每次他們吵架，只要我叫他們不要動，他們就不會動。這次，我想叫他們永遠不要動，這樣他們就永遠不會動了，對不對？」

四、停止

小女孩靠在跌倒的康意廷身旁，將頭放在她的肩上。

康意廷無法說話，彷彿那被利刃劃開的，是她的喉嚨。

「阿姨，好不好？」小女孩推了推她。

康意廷大夢初醒，看著小女孩純真而渴望的表情，她的所作所為卻是這麼驚人，康意廷心生畏懼，不斷地遠離她。

「不、不——」

「阿姨……」

康意廷爬了起來，向前奔去，準備奪門而出，而門突然打開，嚇得她尖叫起來——

※　※　※

「妳是誰？為什麼會在這裡？」一個聲音比她更快開口，康意廷見到對方眼睛瞪得比她還大，什麼話也說不了。

「爺爺！」小女孩開心地朝門口的老人撲了過去。

滿臉鬍子的老人將小女孩抱了起來，確定孫女無恙，警戒地看著她，而康意廷則站在原地，沒有動彈。

「小茹，爸爸媽媽呢？他們有回來嗎？」老人問著。

「在房間。」

老人將小女孩放了下來，往房間方向走去，還沒有進到門口，就看到裡頭的慘案，老人連忙衝到女人旁邊檢視，一邊咒罵著：

「該死！來不及了！」

「爺爺……」小女孩走到老人身邊，牽著他的手。

「小茹，我們出來。」老人帶著小女孩走出房間，並將房門關上。他的臉色灰白，盯著康意廷，然後對著小女孩道：

「小茹，跟爺爺走好不好？」

「那爸爸跟媽媽呢？」

「他們……恐怕沒辦法陪妳走。」

四、停止

「我知道他們老是在吵架，所以我叫他們不要動，爺爺，你看，他們都不動了。我如果叫他們永遠不要動，他們就永遠不會吵架了！」小女孩對自己的想法感到很滿意。

「小茹，不行這麼做。」

「為什麼？」

「妳不讓他們動的話，所有的人都動不了。」老人說明著，而小女孩只是搖頭，倔強地道：

「不要！」

「小茹！」

「大家動了以後，他們又會開始吵架，我才不要！」小茹生氣地道，對於父母每次惡言相向，她已經厭煩了。

「妳不可以這樣，妳想要大家都動不了嗎？」

「我不管，我不要他們再吵架，我不要！」小女孩生氣地跺腳，轉身跑開，進到她的房間。

老人跟過去，但房門已經被關起來了，他拍打著門扉，不斷大叫：

「小茹，開門！小茹！」

「我不要！爺爺最討厭了！」小茹的聲音從房間內傳出來，並聽到不少重物擊地的聲音。

「小茹！」

「走開！」

沒辦法，老人只得坐在房間前喘氣，他緊閉雙眼，額前的頭髮用手指往後梳，蒼老而有皺紋的臉上帶著憔悴，不顧尚有外人在場，眼底淌下淚來。

康意廷方才被殺人的景象嚇呆了，老人與小孩的對話更讓她無法動彈。

終於想起康意廷的存在，老人收起淚水，用一種複雜且難測的眼光看著她：

「妳……也一樣嗎？」

四、停止

「什麼?」

「妳也能讓時間靜止嗎?」

康意廷腦中一片空白,雖然她心中隱約知道事情的癥結,但是由其他人的口中吐出,仍十分驚駭。

「不……我沒有……」

「那妳為什麼在這裡?」

「我、我也不知道……」整件事從頭到尾,她都處於被動的角色。

「妳跟她一樣,都掉入了時間夾縫……」老人喃喃自語,他抱著頭,又哭了起來。

「你在說什麼?」

「妳跟燕萍一樣,都不小心掉入了時間的夾縫……」老人悠然開口,悲憫地看著她。

「什麼?誰是燕萍?」

「燕萍啊！她是小茹的媽媽，她也跟妳一樣，所以我跟她才……才生下了小茹……」

轟！

康意廷腦袋像被爆開！一連串的驚愕事件，讓她喘不過氣。她深吸一口氣，努力地吐出：

「你不是她的爺爺？」

老人看著她，忽然哈哈大笑起來：

「哈哈！哈哈哈——」他笑得那般恐怖，又如自嘲，笑得連眼淚、鼻涕都出來了，他指了指臉上的漬痕，還有些殘漬在皺紋中，「我是她的爺爺？對，我是她的爺爺——」老人聲音一輕，像是從來沒有人可以訴說的痛苦，一遇到對象時，全都傾瀉出來了：

「我不想當她的爺爺，我是她的爸爸，妳知道嗎？我是她的爸爸——」

康意廷看著他蒼老的臉，很難想像床上那個被利刃刺入喉嚨的年輕女人會跟他在一起。

老人緩緩地道：

「我的生理比你們快得多——不，應該說，當你們的時間都停止之後，只有我還在變老，所以我只好對外人說，我是小茹的爺爺。」

康意廷有些明白，又有些不了解，老人繼續說了：

「為什麼小茹會跟我一樣？她如果是個平凡人就好了……不論多麼痛苦的事情，總是會過去的，不會像現在——」他的目光看著凶殺現場，時間永遠過不去。

「這是怎麼回事？」

「我跟燕萍……那是一場意外，她是個有夫之婦，她也跟妳一樣，掉到這個時間夾縫之中，我們在一起，過了一陣快樂的日子。但是，她受不了壓力，受不了只有兩個人的世界，我只好讓時間繼續前進，讓她回到正常的軌道，我們也就分開了。沒想到，她後來生下了小茹……」

「小茹她……跟你一樣……可以讓時間停止？」康意廷啞著嗓子問。

「對，只要她一生氣，或是憤怒的時候，就會將時間停止，我也是後來才發現……一個小嬰兒讓時間停止的話，事情該有多糟糕？所以我只好在她旁邊照顧她，讓她開心……」

「所以……因為你常常在時間靜止的狀態下活動，你的身體才會老得比別人都快？」當眾人都靜止的時候，只有他的身體繼續運作，所以他的身體自然也成長得比別人快速。

「對，只是沒想到燕萍和她的老公常常吵架，小茹常常生氣，任意停止時間，我只好想辦法安撫她，沒想到——」

「你不能將她的時間靜止解除嗎？」聽到這些解釋，康意廷恍若在夢中。

「她怎麼停止的，只有她自己知道，現在只有她願意讓時間繼續前進，這個世界才能運轉，要不然，我們都會困在這……」

康意廷完全呆住了！

四、停止

一個讓時間靜止的小女孩，她擁有讓一切停住，讓時間靜止的能力，恐怕連她自己都不知道其意義，只是任意地停止時間——

「那怎麼辦？我還要去找我的孩子耶！」她尖叫了起來。

「孩子？」老人困惑地看著她。

「哲銘他不見了！消失了！他在我眼前突然消失……我一直在找他，然後就不知不覺掉到這個時間夾縫裡了。我必須回去，我還要去找哲銘。」康意廷想起小茹房裡的那些小孩，心中陡地一亮。「失蹤的小孩……是你們帶走的嗎？」

老人猛地一震，康意廷看出他的表情不對勁，連忙追問：

「你一定知道什麼，對不對？我的孩子呢？哲銘呢？你們把他帶到哪裡去了？」

「孩子……」他吞吞吐吐。

提到孩子，康意廷顧不得恐懼，她鼓起勇氣，站到老人面前，想要知道神祕失蹤的真相。

「我在小茹房裡看到許多失蹤的小孩，其中一個叫小健，他是洪太太的小孩，他們怎麼會在這裡？」

老人抬起頭來，眼底盡是東窗事發的慌張，他迅速低下頭去，欲蓋彌彰的行為更讓康意廷察覺到不對勁，急急追問：

「我的孩子呢？哲銘呢？他是不是也被你們帶走了？你快告訴我呀！」

受不了一再追問，老人終於回答：

「有些孩子在這裡，有些孩子……可能不在了……」

五、領養

康意廷聽到這裡，徹底憤怒了，多少失蹤小孩的母親，因為孩子的消失而黯然神傷，整日落淚，甚至精神分裂，而這個男人竟然大剌剌地對她說，孩子可能不在了？

「你們怎麼可以這樣？怎麼能夠這麼缺德？怎麼可以從一個母親的手中，將她們的小孩奪走！」她尖叫起來。

「我也沒有辦法……」

「什麼叫沒有辦法？你不知道有多少母親正在傷心嗎？」她痛苦了那麼久，淚流到快乾了，心還在撕裂著。

「我是為了小茹！」老人急忙辯解。

「為了小茹？」那個小女孩？

「小茹那麼小，她那麼希望有人陪她，每次她將時間停止時，總是希望能夠多一些同伴陪自己，我只好幫她把小孩帶回來。」

「你這是綁架！」康意廷憤怒地看著他。

老人不語，康意廷感到怒氣像一把刀，快要將身子割破。怎麼能夠這樣？為了一己之私，任意操控他人？

康意廷怒吼著：

「那哲銘呢？哲銘到哪裡去了？」

「誰？」

「我的孩子！哲銘呢？他從我眼前消失，是不是你們趁時間暫停的時候，把他帶走的？」

「我不知道妳的小孩是誰，我帶回來的小孩都在樓上了……」老人急忙說明。

「你說謊！那裡根本沒有哲銘！」

五、領養

「我沒有說謊，那些小孩全都在樓上，跟小茹在一起。只要他們乖乖聽話，我不會傷害他們的。」老人急急地道。

「胡說！你到底把哲銘帶到哪裡去了？」

「我不知道妳的小孩去哪了，我真的不知道……」面對康意廷的咄咄逼人，老人深感無力。他能夠在時間靜止的時候任意帶走小孩，卻抵不了一個兒子失蹤的女人的氣勢。

「什麼叫不知道？快把哲銘還給我！」原以為哲銘會在樓上那群小孩當中，但是卻沒有他，康意廷的失望化為憤怒，對著老人大吼大叫。

「不要欺負我爺爺！」房門倏然打開，小茹從裡頭衝了出來，她跑到兩人中間，將康意廷推開。

「小茹……」老人見小茹如此護著他，心中充滿感動。

「不可以欺負爺爺！妳不可以欺負我爺爺！」小茹緊握雙手，握成拳頭，想要捍衛自己的親人。

「他不是妳爺爺！」

「這個人——妳爸爸，他為了妳，竟然把別人的小孩從其他父母親的手中奪走！」康意廷心痛至極，也不顧眼前的人只是個小女孩，對她說出殘忍的事實。

「哪有！他們在我這裡很快樂！」小茹大叫。

「離開父母的孩子，怎麼會快樂？那些父母有多難過，多傷心，妳知道嗎？妳想要玩伴，卻帶走了他們的寶貝，妳怎麼可以、怎麼可以……」康意廷泣不成聲地指控著。

看著眼前的這對祖孫——應該說父女，小女孩任性且無知地玩弄時間，老人則寵溺過頭，成了幫凶，在這一連串詭譎且不可思議的事件之中，她見識了最單純的殘忍。

「我……」老人心虛地垂下頭，抱著女兒。

「把我的小孩還來，把哲銘還來呀！」康意廷捧著臉頰，開始哭泣，淚水不

五、領養

受時間停止影響而落下。

「阿姨……」看到康意廷在哭，小茹愕然了。

「把哲銘還來！我要哲銘，我的哲銘——」失控的時間，失控的情緒，混雜著積壓的恐懼，康意廷放聲大哭起來。

※　※　※

小茹走到康意廷面前，捏了捏手，半晌，才將手中的面紙怯怯地遞給她。

「阿姨，給妳。」

康意廷抬起頭來，臉上布滿淚水，看著這擁有神祕力量的小孩，康意廷又恨又懼，心生排斥，而小茹並沒有退縮，反而鼓起勇氣，堅毅地道：

「阿姨，對不起。」

對不起？

康意廷看著她，不知道她又想做什麼？在時間停止的當下，孩子被抱走之後，時間又開始運轉，所以每個孩子都像離奇消失。但是，她的哲銘依舊下落不明。

小茹小心翼翼地道：

「我不知道，沒有了妳的小孩，妳會哭……因為媽媽說，媽媽說她如果沒有我……」她看了謀殺案的房間，低下頭來，「她說她沒有我，她會很高興，我不知道妳會哭，阿姨，對不起……」

康意廷愕然地看著她，吐出：

「妳說什麼？」

「小茹從小就得不到燕萍的關愛，所以她才想透過其他方式來彌補心靈的空虛，而我能做的，就是替她尋找這些玩伴……」老人開口了，替她求情：

「小茹只是個孩子，心性很簡單的孩子。」

「可是你們的作為——」光想到房間內那些孩子，康意廷就感到憤怒，「我的哲銘到現在還找不到。」

「阿姨，我幫妳找。」

五、領養

什麼？康意廷愕然地看著小茹，不敢相信自己的耳朵，而小茹看著康意廷，試探性地道：

「我幫妳找，好不好？」

「妳要幫我找？」

「我以為所有的媽媽都不喜歡小孩，都討厭小孩，才想說把他們都帶回來，這樣就沒有人討厭他們了。可是阿姨妳不一樣，妳喜歡妳的小孩，所以我……我可以幫妳找妳的小孩！」小茹堅毅地道，將她的處境投射在康意廷身上了。

「妳——」

「小茹，妳想幫阿姨的話，就要讓其他人繼續動喔！這樣暫停時間的話，會有很大的危險的。」老人趁機要求。

「不要！我不要！」小茹頭搖得像波浪鼓，對母親的憎惡致使她寧願時間永遠停止，也不要她再動起來。

「小茹……」康意廷開口了，「妳要幫阿姨的話，就要先讓其他人動起來喔！」

「我……」小茹看著康意廷，不滿地咬著下唇。

「我們小茹是個好女孩，對不對？」康意廷哄勸著，為了哲銘，為了讓這個小女孩幫自己找哲銘，康意廷壓下對所有事件的恐懼，以女性的溫柔安慰著她：

「幫幫阿姨好不好？妳不讓時間繼續運轉的話，阿姨不知道怎麼找我的小孩，妳如果要幫我的話，可不可以讓其他人都動起來？只有妳能這麼做了。拜託妳，小茹……」

「我、我……」

「拜託妳，小茹。」

從來沒有得到母愛的小茹，看著康意廷那張柔和的臉，和母親打罵她時，完全不同——

她的心頭一動，臉上盡是孺慕之情。

如果可以的話，她是不是也可以得到溫柔的對待呢？懷著一絲渴望，她點了點頭。

「好、好啦！」

※　※　※

康意廷不知道自己給小茹的影響有這麼大，從時間開始運轉之後，她一直偎在她懷裡，而殘酷的現實，只能眼睜睜地看著它發生。

男人劃在女人脖子上的刀子，在時間運轉之後，狠狠地割了下去。

血液，終於落在地上，繼續噴灑。

接下來的時間過得極為凌亂，男人驚惶失措，警方隨及而至，老人則和警方交涉，向警方解釋這是一場因為夫妻爭執而衍生出的悲劇，而眾人對小女孩目睹凶殺一事深感悲憫，暫時讓她免受偵訊。

接著，警方在屋內搜尋出失蹤的小孩，男人也被以綁架罪起訴，儘管他不明白自己做了什麼。沒有人知道，這一切跟一個小女孩有關。

失蹤的孩子重新回到母親的懷抱，彷彿經歷一場奇異的夢境。

這一切，像是電影。

看著眼前的人來來去去，和先前靜止的世界完全不同，喧喧嚷嚷了幾天之後，終於沉澱下來，報紙的社會版也逐漸被人淡忘。

許書維在自家廚房，站在正在烤麵包的康意廷身旁。

「妳確定要領養她？」

「嗯。」康意廷將奶油塗在烤好的吐司上。

「我不反對妳領養她，但是……我們才剛失去哲銘，我不知道……能不能接受她？」許書維相當困惑。

「我知道我的決定倉促了點，不過，能夠幫助一個剛剛失去母親、父親又坐牢的小女孩，不是很好嗎？」康意廷看了一眼正在喝牛奶的小茹。

「她不是還有爺爺嗎？」

「她的爺爺……沒有能力養她，所以社福中心也同意我們領養她，現在只差一些手續就OK了，你可以簽名嗎？」康意廷看著許書維，面對妻子的要求，許書維妥協了。

哲銘不知道還能不能回來，有個孩子陪伴，或許妻子會好一點？

雖有著不同的心態，許書維最後還是在社福中心拿來的相關文件上簽下了自己的名字，然後放在流理臺上。

「那我先走了。」

「嗯。」

望著離去的許書維，小茹終於開口了：

「叔叔他……不喜歡我嗎？」

「他沒有不喜歡妳，他只是還不認識妳，等他認識妳之後，你們就可以玩在一起了。」

「叔叔他會……打妳嗎？」小茹看著康意廷的臉蛋，擔憂地問道。

康意廷為之一愕，不過想起小茹的成長背景，不禁又一陣辛酸。

「不會，叔叔不會打我，也不會打妳，妳可以放心地住下來。」

「真的嗎？」

「真的。」

※　　　※　　　※

小茹在康意廷家中住了下來。小茹本名鄭允茹，由許書維和康意廷正式收養。關於收養，許書維並沒有太多意見，他的心思都在失蹤的哲銘身上。再怎麼說，許哲銘可是從他身子流出去而延伸的一個生命。

他非常想念哲銘，真的非常想念……

他的情緒雖然不像妻子那般外放，但他對哲銘的心，卻不亞於一個作母親的，只是表露出來的方式有所差異。

哲銘的失蹤，他除了忍受之外，還得擔起照顧妻子的責任。因為他知道，如果連妻子都崩潰的話，那麼，這個家也就瓦解了。

沒有孩子，他還得撐起這層薄弱的殼。

所以他不明白，為什麼妻子可以這麼快就站起來？先前她不是比他還傷心欲絕，甚至噩夢連連？為什麼現在比他還振作？

而那個小女孩，又是從何而來？

他只知道她是個父母相殘而遺留下的女孩，年紀和哲銘差不多，是因為如此，所以妻子才藉由收養她來補償心中的空虛嗎？

在角落玩積木的小女孩，像是知道有人在瞪著她似的，鄭允茹轉過頭來。她看不懂許書維眼中的意思，只知道這個叔叔時常盯著她。感覺到自己不被歡迎，鄭允茹迅速地低下頭，轉過去玩她的玩具。兩人之間的互動，幾乎可說是零。

許書維拿起啤酒喝了一口，將罐子放下時——鄭允茹不見了！

他放下杯子站了起來，這麼晚了，她跑去哪了？正在疑惑之際，房間裡傳來康意廷和鄭允茹的談話聲音，他走了過去。

「……不是說好不能這樣子嗎？」康意廷的語氣有些責備。

「可是……他好可怕……」

「他不可怕，妳不要擔心……」康意廷抬起頭來，看到站在門口的許書維，「怎麼了？」

「沒、沒事。」許書維看了一下客廳，又看了一下房間，搔了搔頭，回到客廳，繼續他未完的啤酒。

而在房間的康意廷，音量壓得更低了。

「下次不可以再任意停止時間了。」

「可是，叔叔他一直在看我……」鄭允茹怯怯地說，面對許書維時，她感到緊張與不安。

「那是他還不認識妳，妳可以試著和他講話。」

「我……我不敢……」

「下次妳可以試試看。」

「我不要！」鄭允茹搖著頭。

五、領養

「小茹……」

鄭允茹耍賴著，她投入康意廷的懷中，感受那渴望已久的溫柔與慰藉，其他的，她並沒有那麼在意。

※　※　※

「意廷，該睡了。」許書維來到康意廷為鄭允茹安排的房間，招呼著妻子回房睡覺，而正在聽床邊故事的鄭允茹忽然伸出雙手，抓住了康意廷。

「阿姨，不要走！」

鄭允茹怯懦的模樣，雙眼彷彿隨時會掉下淚珠，很容易引起其他人的憐憫，更何況是對著一個母性豐沛的女人。

康意廷拍了拍她的手背，對許書維道：

「我等一下再過去。」

「可是妳已經好幾天沒有回來睡覺了。」許書維抗議著。

這幾天康意廷都睡在鄭允茹的房間，剛開始他還可以忍受，不過到後來，他總覺得這個小女孩在耍心機，在跟他爭康意廷。

「我等一下就回去。」康意廷安撫著丈夫。

「阿姨！」鄭允茹驚慌地叫著。

看了看丈夫，再看了看小女孩，康意廷低身在鄭允茹身邊低語，聲音相當輕滑：

「阿姨馬上回來，妳等我一下喔！」

「妳不要走！」她拉著她的衣服。

「我不會走，我馬上回來。」給了她保證之後，康意廷才走到門邊，對許書維道：

「書維，我想……我還是多陪她一下好了。」

「怎麼陪？妳已經陪她睡了好幾個晚上了！」許書維抗議起來，就連哲銘也沒有像這個小女孩這麼難纏。

「我知道，不過你想想，她才剛失去父母沒多久，很需要人陪伴。」

「我知道她很可憐，但是妳要陪她多久？她不是哲銘，妳把她照顧得再好，哲銘也不會回來的！」許書維急促地道，音量大了起來，康意廷望了房間一眼，將許書維拉到客廳。

「你小聲一點。」

「我……我只是……沒有辦法……」許書維指了指房間，裡頭的小女孩跟他完全沒有血緣關係，也沒有任何感情，她等於是憑空降臨這個家裡啊！

「我知道、我知道，再忍耐一點，我會回去睡的。」

「還要多久？」

「我……我不知道。」康意廷蹙起眉頭，一臉憂苦的樣子，許書維知道他沒有辦法對她動怒，只能自己乾生氣。

「好，妳先回去陪她。」

「書維……」

「沒關係，妳先回去陪她，我……我還得想一想。」許書維深深地呼吸，只希望自己不要氣結。

「謝謝。」康意廷轉過身，赫然發現鄭允茹站在門口。「小茹，妳怎麼起來了？」

「你們……在吵架嗎？」小女孩怯怯地問道，雙眼露出恐懼。

「沒有，叔叔沒有在跟阿姨吵架，叔叔不會跟阿姨吵架的，妳放心，沒有事，一點事也沒有，我們回去吧！」怕引起小女孩不安的情緒，康意廷不斷安慰著，並拉著她的手回房。

鄭允茹乖巧地點點頭，跟著康意廷回去房間。

許書維看著她們兩人，彷彿她們才是家人，而他這個男人，充其量不過是個外人……

六、謎蹤

或許，答應讓康意廷領養鄭允茹是個錯誤。許書維開始後悔，不過這已經成為無法改變的事實。

他感覺到，那個小女孩在跟他爭康意廷。

平常他上班時，小女孩就跟康意廷膩在一起了；當他回家以後，她更是明目張膽，將整個身子都黏在妻子身上，兩個人常竊竊私語地說話；甚至該就寢的時候，她也霸著她不放。他已經有將近半個月都沒有和妻子一起睡覺了。

領養一個毫無血緣關係的小孩，竟然如此艱難。

許書維感到煩悶，哲銘失蹤了，康意廷雖然在他身邊，但卻不是他的人，原本的三人家庭要徹底分崩離析了嗎？

許書維拿起啤酒來喝，最近的煩心事太多，這使他不得不寄託杯中之物，讓晚上可以好睡一點。

「意廷。」他走到鄭允茹的房間，敲了敲門。

沒有回應。

「意廷！」許書維用力敲了敲，還是沒有回應，敲了七、八聲，有著酒意的他生氣了起來，難道小女孩連康意廷跟他說話的機會都要剝奪嗎？

「意廷！開門！意廷！」

裡頭沒有動靜，許書維抓狂了，明明知道妻子跟小女孩就在裡頭，卻遲遲不應門，擺明了就要挑釁。

「意廷！妳再不出來的話，我就——」

「什麼事？」

康意廷忽然從他身後出現，她身上穿著浴袍，頭髮還溼漉漉的，她站在浴室前看著他。

訝異於她的出現，許書維滿臉錯愕。

六、謎蹤

「妳、妳怎麼……」他回頭看著鄭允茹的房間，小女孩開了門，害怕地躲在門後。

轉過頭再看康意廷，她的臉上有著惱怒。

「你做什麼？叫這麼大聲幹嘛？」

「妳不是在房間……在和她講故事嗎？」許書維困惑不已，他人在客廳，明明就沒有看到妻子出來，進到浴室裡去洗澡呀！

康意廷和鄭允茹交換了眼色，前者掩蓋地道：

「你在喝酒，可能沒注意到我去洗澡了吧。」

「不可能！我明明——」許書維想否認，但是想到康意廷確實是從浴室出來，身上還有著水氣和香味……難道真的是他沒注意，妻子什麼時候進去洗澡，他都沒有發現？

尷尬地扯動嘴角，他歉然道：

「對不起。」

「沒關係，我洗好了，你要不要進去洗？我等一下幫你拿衣服進去。」

「好。」

許書維進了浴室，康意廷才走到鄭允茹的房間，輕聲地道：

「他沒有發現吧？」

「沒有，他跟大家一樣，都不會動，只有我跟妳會動喔！」鄭允茹咯咯笑著，對於自己將時間停止一事，看成惡作劇般的遊戲，沾沾自喜。

「嗯，要小心一點喔！」

「好。」

從時間夾縫中回來的她，滿身大汗就直接去洗澡了。沒想到丈夫會突然找她，看來下次得更小心點。

※　　※　　※

許書維將身子泡在水裡，隱約還可以聽到外頭的談話聲，不過聲音很小，聽不清楚她們在講什麼。

六、謎蹤

這兩個女人，都讓他傷透腦筋。

如果哲銘還在的話，就不一樣了吧？男人跟男孩比較有話聊，他就不會覺得那麼孤單，如果康意廷要領養的是個男孩，而不是女孩的話，情況會不會有所不同？

罷了罷了！他在胡思亂想什麼？許書維用水抹了一把臉，去除不切實際的念頭。

將身子完全浸在水裡，這水是剛才康意廷洗澡時留下來的，為了避免浪費，他也就直接坐到水裡，放鬆筋骨。

事情……什麼時候才會結束呢？

許書維閉上眼睛，對這一切感到厭煩，他討厭這種狀況，更怕哲銘失蹤那麼久，他會忘了他長什麼樣子——

他驀地張開眼，眼前的景象卻令他大駭。

只見洗澡水突然變成黑色、濃稠，而且還泛著惡臭的氣味。

把手從水底抬出，想看得更清楚一點，卻發現已濡溼的手掌，隨著黑色水液的落下，似乎正在融化——

許書維驚懼地想從水裡抽身，卻發現水面正在浮動，彷彿有一根無形的棒子正在攪拌，漸漸成型，他被眼前駭然的景象驚得無法動彈，緊接著，從水面突起一個黑色的物體，物體的高度與他平行，從物體的頂端，只見黑色的水液不斷地往下流，在水流之間，他可以看到一雙黑白分明的眼睛，正在死死盯著他——

「啊！」

許書維嚇得爬出浴缸，想要奪門而出，但是地板太滑，他又重心不穩，倉促起身的後果是，腦袋直直和地面接觸——

※　　※　　※

「有什麼問題，直接來找我。」

「謝謝你。」

六、謎蹤

從黑暗中甦醒時，許書維從耳邊聽到斷斷續續的聲音，似乎是康意廷正在和人談話，勉強睜開眼，發現她正和隔壁的張先生說話，而張先生站在門口，正要離去。

身上一片寒冷，他看了一下自己身無寸縷，下半身只用一條浴巾遮住，回想起剛才的經歷，他不寒而慄。

康意廷送走張先生，回過身，見到許書維已張開眼睛。

「書維，你醒了？」她坐到他身邊。

「我……怎麼了？」他坐了起來，頭還有點昏昏的。

「你剛剛在浴室昏倒了。怎麼樣？有沒有哪裡不舒服？」康意廷看了看，丈夫全身上下並無任何外傷，唯一令她介意的是他的腦袋。

「沒有，我很好。」許書維不想讓她擔心，逞強地道。

「剛剛發生什麼事？」

「剛剛？」

「對啊！你突然大叫一聲，然後我就聽到你倒在地上的聲音，破門而入後，又抱不動你，只好找隔壁的張先生來幫忙。」

想起那一缸黑色且濃稠的水，還有從水中出現的那雙駭人的眼睛，惡狠狠盯著自己，像要吞噬人的意識。上半身裸露的許書維更覺寒意，他撫了撫手臂。

「會冷嗎？我拿件衣服給你。」康意廷拿了件外套給他，幫他穿上。

許書維不想讓她擔心，也或許……那只是一場夢，只是他的錯覺罷了。

「沒事，我剛剛……只是跌倒了。」他撒謊著。

「跌倒？怎麼這麼不小心？」康意廷忍不住唸叨，不過都已經撞到腦袋了，她也不忍再斥責，「晚上我跟你睡。」

聽到妻子要回到房間睡，許書維心頭微喜，「妳不陪那個孩子睡覺嗎？」

「你都這樣了，我怎麼離開你？我睡在你身邊，要是你有什麼事情的話，也比較好照應。」再怎麼說，她還是他的妻子。

「嗯。」

六、謎蹤

※　　※　　※

託跌倒的福，他終於得回他的妻子了。許書維在心中暗喜著，卻沒有將喜悅之情表露出來。一個大男人跟一個小女孩爭寵，未免太幼稚了。

但是那個鄭允茹……他就是無法接受她。

那個小女孩有種不符合平常小孩的氣質，小孩子應該是天真、爛漫，雖然她的行為與平常小孩差不多，但表露出來的氣息卻讓他很不舒服，尤其是她和康意廷黏在一起的時候，他根本進不去她們的世界。

這下好了，他可以擁著妻子入眠了。

好幾天沒有和康意廷親熱了，他想她想到不行，不料康意廷一進房間就上床，讓他連一點機會都沒有。

「意廷、意廷……」他輕喚著妻子的名字，怕吵醒隔壁的小孩。

康意廷背對著他，沒有回應。

「意廷，妳睡著了嗎？」

仍是沒有反應，許書維躺到她身邊，搖著她的手臂。

康意廷似乎睡熟了，連許書維這樣的搖晃，都沒有醒過來，難忍近半個月來的慾望，許書維決定枉顧康意廷的睡眠，好好與她親熱一番，他不甚溫柔地將她扳過身，飢渴的慾望想要得到解放，朝她的唇瓣攻了過去——

停在空中的吻硬生生地停止，望著妻子的臉龐，他怎麼也親不下去。

沒有嘴唇，怎麼親吻？

不只沒有嘴唇，連眼睛、鼻子都不見了，消失了，只剩黑黝黝的一片，原本應該是臉孔的部分，像一團爛泥，不斷湧出黑色液體，黏呼呼的，還流到床上，刺鼻的惡臭衝入鼻間，腥羶的味道令人作嘔——

顧不得那是愛妻的身體，許書維彈跳起來！

※　※　※

「啊！」

放聲大吼之後，許書維從夢中醒了過來。

六、謎蹤

冷汗涔涔，背部都溼了，轉身看了一下床邊，沒有康意廷的身影。

沒人？

意廷不在身邊，那麼……剛剛是做夢了？

許書維喘著氣，不知道自己為什麼會做這個夢，那麼逼真，那麼真實，除了視覺的強烈震撼，還有那股味道，都衝擊著他的腦部細胞，怎麼也忘不了。

為什麼會做這種夢？是因為跌倒的緣故嗎？

許書維安慰著自己，對，一定是這樣，要不然美麗可人的康意廷，怎麼會變成一個失去臉孔，像被怪物啃蝕掉五官的人呢？

甩甩頭，證明這一切不過是夢一場。

那麼，他的妻子到哪裡去了？該不會又放他鴿子，跑去跟鄭允茹睡了吧？這個小女孩，真是他跟康意廷之間的障礙。

心緒平復之後，他站了起來，打算把妻子討回來。

許書維起身，穿上拖鞋，打開房門，卻聽到一陣啼哭，在萬籟俱寂、空幽寧靜的夜晚聽到如此悲哀的哭泣，許書維全身的雞皮疙瘩都站起來了。

「誰？」

他一開口，聲音就停止了，但緊接著，啜泣的聲音似在隱忍。

雖然聲音明顯變小，但令人膽寒的程度仍然不減，許書維發現聲音是從鄭允茹的房中傳出來的，料想一定是那個小女孩半夜不睡覺，在那裡哭泣。

「小茹。」他上前敲了敲門。

聲音又停住了，但仍勉強聽到啜泣。

「妳在哭什麼？」

聲音想要停住，但仍斷斷續續地傳了出來。

「開門。」許書維不耐煩了，三更半夜還裝神弄鬼，擾人清夢。

裡頭沒有動靜，許書維轉動門把，鎖住了。

「小茹，開門！妳不開門的話，我就自己開了。」

威脅已經落下，對小女孩依舊毫無效用，許書維生氣了，他轉身到廚房，

六、謎蹤

拿了家裡的備用鑰匙，開了鄭允茹的房門。

房門一開，他隨即打開牆上的電燈開關，頭頂燈光一閃，他眨了眨眼，看到鄭允茹沒有躺在床上，反而躲到書桌底下，雙手摀著嘴巴，她看到許書維時，忘了哭泣，但眼中露出恐懼。

「妳在那裡做什麼？」許書維蹙著眉頭。

鄭允茹不發一語，她瑟縮在書桌底下。許書維朝她走了過來，硬將她從桌子底下抱了起來，赫然發現，她全身都在發抖。

雖然不喜歡她，許書維還是耐著性子問道：

「發生什麼事了？」

鄭允茹恐懼地看著他，什麼話都說不了。

「意廷呢？」隨後想起她可能不知道康意廷的名字，他從她的角度切入，「阿姨呢？」

鄭允茹聽到這裡，嘴巴沒有聲音，淚卻流了出來。

看到她的反應，許書維心知不妙，急忙追問：

「妳阿姨呢？發生什麼事了？」

鄭允茹仍然沒有講話，不過淚流得更多了，看她這個樣子，一定出了事情，許書維放下小女孩，將屋子上上下下全都搜尋一遍。

「意廷！妳在那裡？意廷！」

無人回應。

簡單的公寓格局，空間沒有多大，許書維找遍了房間、浴室、廚房、陽臺，都沒有妻子的蹤影。

意廷……跑到哪裡去了？

家裡的鑰匙都在，康意廷的外出鞋子也就那幾雙，全都在鞋櫃，連皮包也沒帶，但康意廷整個人，就在家裡消失了。

「意廷？妳跑到哪裡去了？」許書維甚至打開書櫃、衣櫃，想像她只是在跟他玩躲貓貓——但仍沒有她的身影，他心下焦急，卻又無能為力。

六、謎蹤

「意廷？」他朝家裡大吼，在這半夜聽來格外驚心。

意廷不見了……他的妻子不見了……許書維找了許久，才認清這個事實，而那個小女孩——她一定知道什麼事！

許書維看著小女孩的房間，房門開著，鄭允茹躲回角落，仍在哭泣。

他衝了進去，對著她大吼：

「意廷呢？妳一定知道發生了什麼事，對不對？」

鄭允茹只是哭，一直搖頭，她的兩眼紅腫，淚水直流，面對許書維的逼問，完全沒有招架的能力。

「說呀！意廷她跑到哪裡去了？」

鄭允茹還是搖頭。

「X的！妳到底說不說？」顧不得她只是一個小孩子，許書維開始爆粗口，「從妳來了之後，家裡就不對勁，妳把意廷搶走就算了，現在她不見了，妳還不告訴我她跑到哪裡去了，妳把她藏起來了，對不對？」

「我、我沒有！」小女孩嚎啕大哭。

「那她跑到哪裡去了？」明明知道不可能，他還是朝她發飆。

「她……阿姨她被抓走了。」受不了許書維的一再逼嚇，小女孩只能說出可能會令自己更害怕的答案。

抓走？

許書維愣住了，他怎麼也想不到，會有這個答案。

「抓走了？被誰抓走了？」而他一點都不知道。

鄭允茹又開始哭泣，許書維厭倦她的無能，完全失去了耐性：「妳給我把話說清楚，她到底被誰抓走？」

望著幾乎失控的許書維，鄭允茹已經分不清究竟是誰比較可怕了。

「我不知道……我不知道……」她嗚咽著。

「妳怎麼可能不知道？妳不是說她被抓走了嗎？怎麼可能不知道？」許書維對著鄭允茹大吼大叫，妻子的安危已使他失去了理性。

六、謎蹤

鄭允茹望著發狂的許書維，彷彿過去的經歷又再度重現。

「不要……不要……我不要……」鄭允茹邊哭邊搖著頭，無助的她，只能期盼許書維不要亂動，讓她有足夠的時間逃脫，而忘了停止時間之後，付出的代價有多大——

然而許書維並沒有因她的要求而停止，反而越顯激動，鄭允茹看著許書維憤怒的表情，越發驚駭。

沒有？他沒有停下來？他沒有跟其他人一樣停下來？

她想要停止，可是來不及了。

「砰！砰砰砰！」

門外傳來敲響，在這寂靜的深夜，門扉的敲擊聲顯得格外清亮，音量大到足以讓整棟大樓的人醒過來。

被這個聲音喚回理智，許書維愕然地聽著外頭的敲擊聲。是誰？誰會在這麼晚的時候過來敲門？

「誰？」他大喊。

門外沒有回應，敲門聲依舊猖狂。

「砰！砰砰砰！」

怕聲音吵醒大樓的人，許書維向門口走了過去，而鄭允茹反常地拉住了他，淚流得更急了。

「不要開門、不要開門……」

許書維訝異地望著她，這是她第一次主動跟他開口。不過在這麼詭譎的情況下，實在不是個好時機。

「放手。」

雖然害怕許書維，但鄭允茹更害怕門口的聲音，緊緊拉住了他，許書維不管她警告似的求救，將她的手用力掰開，朝外頭走去。

「砰！砰砰！砰砰砰砰砰！」

「來了來了！」他叫著，走到客廳將鐵門打開，想要看清楚外頭的不速之

六、謎蹤

客，而來人的身高不高，也還沒到他的腰部。許書維低下頭，看到他的臉孔，驚呼了起來：

「哲銘？」

七、出現

見到兒子出現，許書維激動地上前抓住了他。多日來的思念，幾乎讓他一度崩潰，那惱人的折磨幾乎吞噬了他，能夠撐下來，全憑他對兒子的情感，如今他出現在眼前，許書維滿臉興奮，他咧嘴大笑，怎麼樣也克制不了。

「哲銘！你怎麼會在這裡？你、你終於回來了！回來了……」開心地抓著兒子的手，許書維將他渾身上下看個仔細。

許哲銘看著許書維，臉上露出笑容。

「你媽要是看到你回來的話，一定很高興，意廷！意廷……」才叫著妻子的名字，忽然想起她並不在，見到兒子的喜悅也減低了幾分。

「媽媽她……她……她現在不在，不過沒關係，你快進來。」許書維開心地想將兒子拉進屋裡，喜上眉梢的他，對於今夜所遇到的一切，全都不在意了。

七、出現

他的兒子終於回來了。

許哲銘沒有動彈，站在原地。

發現兒子像千斤石似的，怎麼拉都拉不動，許書維回過頭，察覺到有些不對勁，熱情稍稍冷卻，詢問著：

「哲銘，你怎麼了？還不進來？」

許哲銘沒有說話，然而臉上的笑容更加得意了，而眼神，似乎有著盤算——

是……錯覺吧？這是他的兒子嗎？許書維看著許哲銘的臉孔，有些發愣，臉是他兒子沒錯，但是那神情、那笑容未免太過自信了吧？溫文的許哲銘向來是和氣有禮的，眼前這個小男孩，太過尖銳。

「哲銘，你怎麼了？」許書維小心翼翼地問，心頭有些不安。

哲銘出現了，這應該是值得高興的事情呀！為什麼他的心頭浮動，甚至有些不踏實呢？

而且現在是半夜，哲銘為什麼會出現在這？他找到路，所以回來了嗎？從他失蹤到出現的這段時間，究竟發生什麼事了？

看著默不作聲的兒子，詭異的氣氛自剛才停頓之後，又開始向上蔓延，妻子的消失和兒子的出現都發生在同一夜，這在暗示什麼嗎？許書維感到不安。

望著兒子那令人不舒服的笑容，許書維的聲音也越來越乾澀：

「哲銘，你、你不進來嗎？你回到家了呀！你媽媽現在不知道到哪裡去了，不過她要是看到你的話，一定很高興……」許書維藉著不斷的講話，來消弭那詭譎的氣氛。

「媽媽她……不就在那裡嗎？」許哲銘開口了，卻令許書維大吃一驚。

什麼？

「就在那裡呀！」許哲銘抬起手來，指著餐廳的方向。

公寓的格局本就方正，坪數也不大。而門口和餐廳隔著一段距離，況且他剛剛也找過了，根本沒見到康意廷，而剛才出現的許哲銘卻突然跟他這麼說，

七、出現

許書維嚇了一大跳，頭也不由自主轉過去——

意廷！

心臟幾乎要跳到喉嚨來，猛烈的收縮令他全身幾乎無力，他勉強支撐自己，才能應付這一切。

「意廷，妳什麼時候在這裡？意廷……」他走到餐廳的位置，難以置信地問著妻子，在這不過三、四十坪的房子中，她剛跑到哪裡去了？

康意廷沒有說話，她的眼神渙散，全身沒有動靜，端端正正地坐在椅子上，乖巧柔順得像個娃娃。

「意廷？」

許書維推了推她，康意廷竟然就這樣倒在餐桌上！她沒有喊痛，眼睛連眨都未眨，上半身躺在桌上毫無反應。

「意廷！」許書維驚駭地大叫了起來，他不斷搖晃著妻子，康意廷的身子因為他的搖晃而前後擺動，其他的，並無反應。

而一直杵在門口的許哲銘走了進來，看著自己的母親變成這樣子，面無表情。

「哲銘，這……這到底是怎麼回事？」許書維已經茫然了，只好向兒子求助，今夜發生的事情都讓人無法招架。

「她只是個……玩具呀！」許哲銘徐徐地道。

「你說什麼？」許書維震驚地看著他，看到母親倒下，兒子竟然說出如此無情的話？

許哲銘將康意廷扶了起來，重新坐好，將她的兩隻手擺在桌上，轉頭看著許書維，依舊掛著詭異的微笑，那笑容越來越得意，越來越猖狂……他拿起康意廷的手，像是在對自己說話，也像是在對許書維說：

「你看喔！她可以這樣玩。」然後，他將康意廷的手反轉，像在扭毛巾似的，康意廷的手臂被他扭成螺旋狀。

意廷……

七、出現

許書維驚駭地看著妻子，哲銘怎麼能夠將她玩成這個樣子？一隻手臂被扭轉三、四圈，而康意廷毫無反應，並不喊痛。

「也可以這樣玩。」許哲銘又說了，他將康意廷的兩隻腳抬起，她的頭放到膝蓋中間，拚命地往下壓，她的膝蓋被往上折，足尖則抵住腰際。康意廷整個人呈不自然的狀況，放在椅子上。

許書維被這突來的情況震懾住，全身無法動彈，只能眼睜睜看著妻子變形的模樣。

玩具……

許哲銘玩弄著她，就像在玩弄著玩具一樣，就像小孩子喜歡玩著超人或洋娃娃之類的玩具，他也看過哲銘在玩這一類的玩具，轉動著他們的四肢。但現在，妻子變成了玩具。

非常詭異的情況。

康意廷完全無法動彈，只能隨許哲銘的高興而玩弄，他甚至拉扯康意廷的頭髮，捏著她的鼻子，然後開心地笑個不停，有如純真的小孩。

「哲銘，你——住手！」

「你要一起玩嗎？」許哲銘轉頭對許書維發出熱情的邀請。

「你在做什麼？把你媽媽放開！」許哲銘出現得太不尋常，康意廷的變形令他恐懼，許書維只能藉著叫喊來掩飾心中的慌張。

「一起玩嘛！」許哲銘撒嬌著。

「不要！」

「一起來玩，還是你也想變成玩具？」

「什麼？」

「玩什麼好呢？」許哲銘歪著頭沉思，模樣十分可愛，但他的行為卻十分恐怖，「玩騎馬好不好？」

「不要！」

「來玩嘛！」許哲銘上前要求。

七、出現

「走開！」許書維大吼，步步後退。這絕對不是他的小孩……絕對不是……

「我們來玩嘛！」

「走——」驀地，許書維感到脖子被個物體套住，他低頭一看，竟然是一條繩子掛在上面，他大為驚駭，正想拉開，繩子另外一頭的力氣卻扯得他身子往前倒，跌在地上。

「我們一起玩嘛！」許哲銘嘴巴說著，手也開始行動，他拉著許書維往前走，力氣大得驚人。一個還沒上小學的幼童，竟然可以將一個成人拖在地上行走？

「放、放開！」

許哲銘置若罔聞，逕自往前走，那繩子便收住，直勒著他的脖子，許書維趕緊抓住繩子與脖子之間的縫隙，免得無法呼吸。

「過來，對，過來。」許哲銘也不知是在玩狗還是玩馬？他轉頭親切地像是對待小寵物。

「哲銘……放開……」許書維掙扎著想要起來，許哲銘繩子用力一拉，他重重地摔在地上。

「你這樣不行喔！一點都不乖。」

「住手！你不可以這樣對爸爸。」

「你好吵喔！大人怎麼可以這麼吵，你要閉嘴啦！要不然我要打你喔！」許哲銘以小孩的口吻恐嚇許書維，但這都沒有他的行為來得駭人。

只見他取出一個塑膠袋，迅速且準確地套在許書維的頭上，很快打了個結。

「哲銘，你——」許書維掙扎著想要將塑膠袋扯開，脖子又被許哲銘一拉，尖銳的刺痛感幾乎割斷了他的喉頭。

許哲銘跨坐到他身上，叫了起來：

「駕！駕！快點走！」

許書維想要扯開塑膠帶，但許哲銘緊緊勒住繩子，而塑膠袋被綁了個死結，他根本打不開。他越焦急，氧氣耗損得越快。許書維感到頭越來越熱，脖子越來越疼，缺氧的肺部也像要爆炸似的，他掙扎著想要空氣，空氣卻流失更快，整個人開始呈現昏迷狀態，而耳邊還不時聽到許哲銘的聲音……

「快走呀！快走啊！快走……」

※　※　※

七、出現

「砰砰砰——」

門突然被敲擊，發出巨響，許書維整個人倒在地上，沒有力氣將頭上的袋子拿開……

「砰砰——」門口依舊在響……

「小茹，妳在不在？小茹？」從門口傳來男人的聲音，鄭允茹的房間打開了，她小心翼翼地望著外面，看到眼前的狀況，眼中露出悲愴，然後迅速地跑到門口，打開大門。

門開了之後，老人走了進來。

「爺爺！」看到老人到來，鄭允茹再也遏抑不住，放聲大哭起來。

老人抱著她，看到倒在地上的許書維，趕緊上前將他頭上的袋子拿開，見他臉色發紫，趕緊捏住他的鼻子，朝著他的嘴巴灌了一口空氣——

「咳……咳……咳……」

許書維咳了起來，原本昏迷的人也因這劇咳而清醒過來，冷冽的空氣灌進體內，他張開眼睛，茫然地看著這一切。

老人將他脖子上的繩子取了下來，他的意識才慢慢回來。

哲銘……

望著眼前的老人，他對他有印象，是在哪裡看過呢？啊！對了！在跟社福中心討論領養鄭允茹事情的時候，他在旁邊，他是鄭允茹的爺爺——

那……意廷呢？轉頭看了看餐桌，妻子仍以詭異的姿勢「坐」在椅子上。

老人順著他的視線看到了餐桌的狀況，他轉身對著小女孩，臉色憤怒，語氣暴躁：

「小茹，妳為什麼又要停止時間？我不是警告過妳，不可以任意地停止時間

七、出現

嗎？妳忘記了嗎？」

「我、我——」小女孩哭哭啼啼。

「妳為什麼不聽話？」老人大吼著。

「那個……叔叔……他要找阿姨，阿姨又在那邊……我只好……只好……讓他去找阿姨。」

「讓大家都動起來！」

「我……我動了呀！可是……它沒在動，大家都不動……」鄭允茹抽抽咽咽，她為自己的行為感到懊惱。

「動不起來？」老人畢竟和小女孩是同種人，他了解鄭允茹的意思，「妳沒辦法讓時間往前進嗎？」

「有呀！可是……他們沒有在動……」鄭允茹不斷地哭泣。

老人放開鄭允茹，來到了餐桌，看著桌上被丟棄，並且擺著奇怪姿勢的康意廷。

「該死！」老人咒罵著，他將康意廷抱了起來，一一將她扭曲的身體解開，讓她恢復正常的狀態。

「不要……碰她……」許書維努力地爬了起來，不准其他人碰他妻子。

「你最好快點離開這裡。」老人看著他，嚴肅地道。

「為……為什麼？」喉嚨好痛，許書維連話都說得好辛苦。

「難道你還要等他們回來嗎？」

「他們？」

「就是『那邊』的人，你再不走的話，就會變得跟他們一樣。」老人快速地說著，許書維只感到莫名其妙，而一邊的鄭允茹哭哭啼啼地說著：

「叔叔，你快走！要不然那個人又會回來，你快走！」

那個人？是指哲銘嗎？想到哲銘，許書維感到不寒而慄，那副身體雖然是哲銘的，但靈魂像是易主，變得既無情又冷酷。

他打了個哆嗦，點了點頭。

七、出現

※　※　※

許書維抱著康意廷，老人牽著鄭允茹，他們跑在寂靜的公路上。

長夜漫漫，黑夜濃稠得彷彿化不開，只有幾盞路燈照明的地方還能視物。路燈下的蚊蟲停在空中，許書維見到好幾部應該行駛中的車子，此刻卻停在馬路上，縱使從他們面前跑過，那些駕駛人也看不到他們。

情況真的很詭異，他的心頭也越來越沉。

「那是……怎麼回事？」他喘著氣問道。

「那些……呼……那些時間全都停止了。」老人體力不濟，氣喘吁吁，他見到旁邊的便利商店，說道：

「我們進去一下吧！」隨即用手扳開自動門，走了進去。

「時間停止？」許書維大吃一驚。

老人看了他一眼，露出不解，而一旁的鄭允茹怯怯地道：「叔叔他……什麼都不曉得。」

「他不曉得？」老人看著她。

「阿姨她……曾經和我打勾勾，我可以叫大家不准動的事，不能告訴別人，也不能跟叔叔講，可是有時候……阿姨會要我叫大家不准動，她要出去找她的小孩，後來……她就沒有回來了。」鄭允茹解釋著，仍是滿臉驚慌。

「什麼意思？」許書維眉頭蹙了起來。

「小茹她有讓時間停止的能力，一定是你太太要求小茹讓時間停止，她好到其他地方去找她的小孩。」老人了解小女孩的意思，跟許書維說明著。

「她可以──讓時間停止？」許書維望著鄭允茹，臉上盡是不可思議。

「你要吃什麼？牛奶？還是麵包？」老人從架子上取下食物，問著許書維，率性得像是常做這些事。

「你沒付錢。」

「都什麼時候了？會有人結帳嗎？」老人打開麵包，逕自吃了起來，順便拆開蛋糕的包裝，遞給鄭允茹。

七、出現

「那又為什麼會——」許書維看著靜止不動的康意廷，很難想像她剛才那恐怖的姿勢。

「本來只是單純的時間暫停而已，沒有什麼問題，但不知道從什麼時候開始，時間停止之後，越來越不對勁……所以我一直不准小茹任意停止時間，沒想到她還是不聽話。」老人瞪了小女孩一眼，小茹委屈地低下頭來。

「不對勁？」許書維想到哲銘。

「沒錯，所以如果按照正常的時間行走，就沒問題，但是如果任意將時間停止，就會出狀況，就像有一股力量在控制著？而我不知道那是什麼。」

連能夠將時間靜止的老人都這麼說了，小女孩更加不知所措。

「所以我們現在正在時間靜止的空間？」

「沒錯。」

「那就讓時間動起來呀！」許書維叫了起來。

「我們都在想辦法讓時間動起來，但是沒有辦法，時間還是停止。就像我剛才說的，似乎還有另外一股力量，讓時間停止。」

「那我們怎麼辦？」想到不能回到原來的世界，許書維就感到恐懼。

「我不知道。」老人頹喪地道。

「你不是知道很多事嗎？怎麼會不知道？」

「你這樣逼問我也沒用，我沒有遇過這種事。」老人的眼底流露出恐懼，看來他也絲毫沒有辦法。

時間靜止了，那他們怎麼辦呢？會繼續困在這裡嗎？

如果時間不動的話，那麼這個世界，會不會變成一個死寂的世界？還是……他們跟潛伏在後面的奇異力量相處？隨時等它吞噬——

許書維全身發冷，就算愛因斯坦再世，他能夠推算出世界靜止之後的參數嗎？

※　　※　　※

繼續奔跑在無止盡的夜裡，手裡抱著妻子，許書維感到氣喘吁吁，卻不敢喊累，深怕後面真有什麼追兵。

「我跑不動了。」鄭允茹突然叫了起來。

「小茹，乖，我們快到了。」老人安慰著。

「不要，我走不動了……」鄭允茹眉頭一皺，眼眶一紅，淚水就要掉了下來。

「小茹，先到爺爺家再休息好不好？」老人繼續哄勸。

「不要！」連續的奔跑讓鄭允茹感到疲憊，小小的身子再也負荷不了，索性停了下來。

「要不然我們用走的好了？」

「不要！」任性的脾氣又耍了起來。

「小茹！」老人突然大吼，「妳知道停下來會發生什麼事嗎？妳知道的，對不對？妳沒辦法讓大家動起來，我也沒辦法讓他們動起來，如果又發生什麼事的話怎麼辦？」

被老人一罵，小女孩的淚水落了下來，卻不敢爭辯，只得點點頭，算是明白了。

老人握著她的手，繼續向前走。

許書維將妻子換個姿勢，重新抱好，準備繼續往前走，這時候後面傳來一個顫顫巍巍的聲音：

「這麼晚了，你們在這裡做什麼呀？」

許書維一轉頭，一名白髮蒼蒼，兩頰消瘦，雙眼瞪大有如銅鈴，皮膚有如風乾橘子皮的老嫗站在他們後頭。

「老婆婆，這麼晚了，妳怎麼在這裡？」許書維有些訝異。

「我在找人呀！」

「找人？」這麼晚還在找人？

「我在找——你們呀！」老嫗笑咪咪地道，許書維看著她的笑容，不禁感到全身發冷，而前面的老人見情況不對，跑了回來，拉著許書維的手。

七、出現

「快走！」

許書維抱著康意廷，身子一個踉蹌，差點跌倒，虧得老人助他一把，他才勉強站直，而剛才說話的老嫗，瞳孔像是化掉似的，逐漸影響到眼白的部分，然後流了下來，還泛出惡臭味——

許書維被她一嚇，手中的康意廷差點掉了下來，老人幫忙著他，一手牽著小女孩，加快腳步往前跑。

「快點！」

「那是什麼？」許書維話都快說不出來了。

「不知道。」老人臉色更加難看，神情更加凝重，一手抓著一個，努力向前跑。

「她是人嗎？」

「不知道，她是『那邊』的。我們必須回到我們的世界，不能再繼續待在這裡。」老人有解釋等於沒解釋，許書維聽得頭昏腦脹。

「什麼？」

「跑就對了！」

「你們要去哪裡呀？」冷不防的，一個穿著嘻哈服裝的年輕人，嘴裡嚼著口香糖，站在他們面前，吊兒郎噹地問道。

有了前車之鑑，這次許書維頭也不回地逃離他的身邊。

見到許書維連理都不理，年輕人大吼一聲，眼睛也迅速流出黑色液體，像是硫酸似的，迅速腐蝕他的臉孔，而他的鼻孔、他的嘴巴都流出同樣的液體——

陸陸續續有人出現，有男人，有女人，有大人，有小孩，全都向他們圍了過來，而且五官全都流出黑色液體，由於為數越來越多，那惡臭在空氣中無法散去，聞了幾乎令人作嘔。

見到這種狀況，鄭允茹嚇哭了，但退無可退，那些人以他們為中心，圍成一個圓圈圈，將他們困住了。

七、出現

「不要看。」老人將她的臉轉過來，不讓女兒看到那些五官彷彿被腐蝕的臉孔。

「走開！走開！」許書維抱著妻子，不斷地大吼。

那些人置若罔聞，將他們包圍住，惡臭且腥羶的氣味充斥鼻間，身體擋住了他們僅存的光線，繼而把手伸了過去，抓住了他們。儘管他們一再掙扎，那些手卻彷彿要將他們推進地獄，四周盡是黑茫茫一片……

八、幻覺

「啊！」

許書維驚駭地叫了起來，他從水裡坐了起來，發現自己在浴缸裡，水都變涼了。而他的驚叫聲，引來了外面人的回應：

「書維，怎麼了？」

這個聲音、這個聲音——

「意廷？」

「你在幹什麼？洗澡洗了那麼久，還不出來？」是康意廷的聲音沒錯，她說什麼？他在洗澡？

許書維看看左右，並不在街上，也沒有五官流著噁心液體的人……他注視著這一缸水，水上面還有些許泡沫，也沒有任何黑色液體的跡象，下意識地，他摸了摸自己的臉——沒有，他的臉沒有腐壞。

剛剛那是什麼？一場夢嗎？

他從水裡站了起來，擦乾身子，換上衣服，走了出去。康意廷在餐桌前，背對著他，許書維走到她旁邊，她還在哼著歌，見到他出來，笑意盈盈。

「總算出來了呀！」

見到妻子鮮活地站在自己眼前，沒有扭曲可怕的姿態，那可怕的記憶，難道只是他的想像？

「妳在做什麼？」許書維見到她的面前放著一個鍋子，她的手裡拿著勺子，正在攪拌。

「弄綠豆湯呀！我加了點冰塊，想說等你出來之後給你吃。不過你在幹什麼？洗了快一個鐘頭，冰塊都融化了。」她將綠豆湯舀到碗公裡。

「我——」

「喏！拿去！」康意廷將綠豆湯交給他，遂走到廚房。

許書維看著妻子的背影半晌，之後，在餐桌邊坐了下來，他看著那碗綠豆湯，沒有動靜。

剛剛……他在洗澡？那麼，他所經歷的一切呢？倒退回去思索，那些人的圍堵、暗夜裡的逃亡、被當做玩具般的虐待……還有從水裡浮現出的人頭，一切都詭異得令人膽戰心驚，難道都是假的？

他在做夢？

但是……夢怎麼那麼顯明？那麼逼真？強烈到他每個神經、每個細胞都無法忘懷，他的身子還殘存著恐懼。

「書維，你在幹嘛？還不吃？」康意廷發現他的不對。

「我等一下再吃。」

「那你慢慢吃，我先去準備明天的早餐。」康意廷說著，又走回廚房開始忙碌著，她的身材纖細優美，和那個被扭曲的人形肉球完全不一樣。

八、幻覺

是夢嗎？為什麼沒有辦法忘記？

「意廷……」他叫住了她。

「什麼事？」康意廷轉過頭來。

「呃……沒事。」他開不了口。

康意廷看著他，水靈靈的眼睛充滿疑惑：「怎麼了？你今天怪怪的喔？撞到腦袋了嗎？」

對了！

在浴缸見到那顆人頭之後，他驚慌地從水裡爬出，結果不慎跌倒在地，撞到腦袋，那麼劇烈的撞擊，卻什麼事也沒有？還是剛才的噩夢都是撞擊後的結果？但是——怪異現象是在他撞到頭部前就開始了呀？

「你到底怎麼了？」

「沒事，只是有點累。」

「那就早點睡，我會叫哲銘不要去吵你。」

「哲銘？」許書維幾乎要彈跳起來。

「你看，他自己一個人在那邊玩。」康意廷指著客廳的角落，吩咐著：「哲銘，等一下不要吵爸爸喔！」

「好。」許哲銘清脆的、童稚的聲音傳了過來。

許書維緩緩地、僵硬地將頭轉了過去，哲銘——他的兒子，正在角落溫順、乖巧地玩耍。

「哲銘……」他困難地叫著他的名字。

許哲銘轉過頭來，看著許書維，朝他笑了一笑。

許哲銘正在玩機器戰警，他正在轉動機器人的身體，而康意廷身體被扭曲的記憶又湧了上來……望著那張純真的臉龐，許書維站了起來，走到他面前幾步之遙的地方。

「你在做什麼？」他問著兒子，喉嚨有些乾澀。

「玩玩具呀！」許哲銘咧嘴笑著。

「不要再玩玩具了！」他粗暴地道。

許哲銘驚愕地望著他，康意廷聞聲也從廚房走出來。

「書維，怎麼了？」

怎麼了？他也很想知道，究竟哪個是真？哪個是假？還有……哲銘不是失蹤了嗎？一直都沒有找到，但是，他現在又出現在家裡，平靜得彷彿他從來沒有離開過。

到底是怎麼回事？

看著被嚇到的兒子和責難的妻子，他搞不清楚發生了什麼事。

「我、我……我只是有點累，哲銘你——」許書維很想問他不是失蹤了嗎？為什麼會出現在這？

「太累了呀！太累就先去休息，不要嚇到小孩子了。」康意廷體貼地道。

「……好。」

※　※　※

許書維躺在床上，柔軟的床鋪，熟悉的天花板，外面傳來妻子和兒子的聲音，一切似乎都回到了正常軌道。

但那些恐怖的經歷，到底是怎麼回事？

康意廷走了進來，坐在梳妝檯前，她拿了罐乳液倒在手中，開始往臉上擦著保養品，並順著臉部的穴道按摩。

許書維透過鏡子看著她。

「哲銘呢？」他問道。

「回房間睡覺了呀！」

「他什麼時候回來的？」

「下課的時候，我去接他回來的呀！」

「我是說——」他不是失蹤了嗎？怎麼又出現了？噬人的痛楚餘韻未消，許書維想要問清楚，但這幸福的味道太濃郁，反倒有點不真實，他換了個方式詢問：

八、幻覺

「小茹呢？」

「誰？」

「鄭允茹呀！那個小女孩。」

「小女孩？我們哪來的小女孩？」康意廷轉過頭，驚訝地看著他，隨即露出恍然大悟的表情，「你在暗示什麼嗎？」

「什麼？」

「我知道只有哲銘一個小孩子，是太孤單了，」康意廷站了起來，走到電燈開關前，將大燈熄滅，只留下小燈，「我也想過要添個弟弟或妹妹……不過你知道，問題很多，現在社會這麼亂，景氣又不好。」她邊走向他，邊將睡袍的腰帶打開，裡頭光溜溜的，露出誘人的胴體。

「意廷……」他感到口乾舌燥。

康意廷跪在床尾，慢慢地爬了上來，傲人的雙峰在他面前晃呀晃的，意思再明白不過。

「如果你有什麼打算的話，可以提出來，我們談談。」她已經爬到他的胸口，坐到他的腰際。

「妳……」

「想……談談嗎？」她的聲音沙啞起來，充滿魅惑，許書維望著她，感到心跳加速，下體也興奮起來。

「談……」

「對，來談談……」細碎的吻在他的胸膛上落下，猶如火花似的，點燃即將引爆的慾望，她身上的香味傳了過來，送入他的鼻子，和那惡臭的腥羶味道完全不同。

「意廷，妳……妳不是不擦乳液的嗎？」

「什麼？」挑逗的姿勢停了下來，康意廷疑惑地看著他。

許書維從她的身子底下抽了出來，「妳不是不擦乳液嗎？妳說妳會過敏，所以妳都不擦這些瓶瓶罐罐的東西。妳到底——」

八、幻覺

康意廷歪頭看著他，明明是婦人，卻還保有幾分少女般的嬌憨，她嬌媚地道：

「你不喜歡嗎？那我以後就不要擦好了，反正這個——」她拉拉自己的臉皮，輕易地將它扯了下來，黑色的液體流了出來，落在他的胸膛上，「也沒什麼用。」她說著，就像剝柿子皮一樣，隨便就將臉皮剝了下來。

許書維大駭，偏偏她又坐在他的身上。

「不、不——」他恐懼地看著她。

「這樣好不好？自然就是美。」她將臉皮撕開，露出黑色的肌理與血管，沒有眼皮的眼睛黑白更為分明，上下排的牙齒更為清楚，整張臉流下黏呼呼的黑色分泌物，沒有了臉皮的遮掩，腥臭的味道直撲入鼻。

「啊——」許書維驚恐地大叫，想要擺脫她，而從那張只剩上下排牙齒的嘴巴，發出了笑聲：

「這樣子好嗎？」

「不要！不——」

「呵呵……」那張嘴猛地吻住了他，許書維駭然得想要將她推開，而她的力氣卻大得驚人，無法掙脫。

他瞪大了眼看著一張沒有臉皮的嘴巴在吻他，沒有眼瞼的瞳孔看來更加放大，她的舌頭在他口中熱切地翻轉吸吮，濃厚的腥味傳到他嘴裡，讓他幾欲作嘔——

不要啊！

※　※　※

「有什麼問題，直接來找我。」

「謝謝你。」

突破黑暗後，鼻間、嘴裡的惡臭味全都消失，但那殘存的餘悸仍在心頭，許書維張開眼睛，發現康意廷正在大門口和人說話，似乎是隔壁的張先生，而張先生似乎正準備離去。

八、幻覺

身上一片寒冷，他看了一下自己身無寸縷，下半身只用一條浴巾遮住，回想起剛才的經歷，他不寒而慄。

康意廷送走張先生，回過身，見到許書維已張開眼睛。

「書維，你醒了？」她坐到他身邊。

「我……怎麼了？」他坐了起來，頭還有點昏昏的。看著康意廷的臉孔，他分不清是腦袋的不適，還是剛才的經歷令他暈眩……

「你剛剛在浴室昏倒了。怎麼樣？有沒有哪裡不舒服？」康意廷看了看，丈夫全身上下並無任何外傷。

昏倒？他在浴室昏倒？

難怪他覺得頭怪怪的，但……真的是他的頭部遭到撞擊，才有那些恐怖的經歷？還是……這又是一場夢？

看著康意廷那又陌生又熟悉的臉龐，他完全亂了方寸。

「沒有，我很好。」

「剛剛發生什麼事？」

「剛剛？」

「對啊！你突然大叫一聲，然後我就聽到你倒在地上的聲音，破門而入後，又抱不動你，只好找隔壁的張先生來幫忙。」

想起她整張臉皮被扯破，模樣極為恐怖，就像是醫院或保健室裡用來教學的假人，就算平常雙眼再為迷人，微笑再為和善，沒有了臉皮的遮蔽，一切都十分詭異。

更何況，她還強將她像是流膿發臭的舌頭塞進他的嘴巴，那噁心感，怎麼都消除不了。

不自覺間，他打了哆嗦。

「會冷嗎？我拿件衣服給你。」康意廷拿了件外套給他，幫他穿上。

如此體貼，的確是他熟悉的康意廷，但是……這會不會又是他的夢境？即使穿著衣服，他仍感到寒冷。

八、幻覺

是真？是假？

眼前的人物和景色如此鮮明，寒冷的感覺直鑽入骨，一場經歷接著一場經歷，記憶疊上一層又一層。如果連哲銘都能扭曲人格的話，那麼——眼前的妻子突然變形，似乎也不足為奇了。

「沒事，我剛剛……只是跌倒了。」他撒謊著。

「跌倒？怎麼這麼不小心？晚上我跟你睡。」

聽到妻子要跟他睡，許書維並不感到欣喜，他不知道他要面對的是什麼，「妳不陪那個孩子睡覺嗎？」

突然，他發現這些對話很是熟悉，是在什麼時候說的？

許書維有些愕然，卻一下想不起來。

「你都這樣了，我怎麼離開你？我睡在你身邊，要是你有什麼事情的話，也比較好照應。」再怎麼說，她還是他的妻子。

「嗯。」

※　※　※

康意廷先行離開，她到廚房去準備明天的早餐。許書維則坐在客廳，雙手交握，滿臉恐懼地看著他熟悉的家，他不敢肯定，會不會又再有變化？

房間的門緩緩被打開，許書維驚懼了起來。

那個房間……原本是哲銘的，後來是鄭允茹的，到底哲銘的失蹤是一場夢？還是鄭允茹的存在是他的幻想？許書維惶恐不安的情緒緊繃到極點，壓力沉重得令他想大叫——

門打開了，鄭允茹站在門口。

和他所知道的一樣，他們兩個始終存在著距離，從康意廷說要領養她開始，他明白，他並沒有接受，只是為了安撫妻子的心靈罷了，所以他不知道要用什麼樣的心態來面對這個小女孩。

鄭允茹望了望廚房，又看了看他，怯怯地走了出來。

只是一個小女孩而已。

八、幻覺

只是一個長髮、生性畏怯，又剛剛失去雙親的小女孩罷了。只有六歲啊……跟哲銘一樣，都是需要疼愛、呵護的階段，這樣一個小女孩，怎麼會構成威脅呢？一瞬間，許書維有些迷惑。

「叔、叔叔……」她有些害怕地叫了起來。

在許書維的印象中，鄭允茹從來沒有主動跟他講過話。往往是他們兩個互視，然後繼續做著各自的事，他們之間幾乎沒有交談。

除了某一段記憶之外……

許書維感到記憶混亂，就像是樹枝般，一段接著一段，又有可能跳到另外一段，究竟哪段記憶是真實？哪段是幻覺？他搞不清楚……只希望，那可怕的場景不要再出現了。

「叔叔……你……快逃……」小女孩雙眼露出恐懼。

「什麼？」

鄭允茹看了廚房一眼，確定康意廷沒有發現他倆的談話，接著以一種卑下、懇求的姿態說著：

「快逃……」

「妳在說什麼？我要逃什麼？」

「快點……」她快哭了。

「小茹，妳在說什麼呀？」康意廷從廚房走了出來，聲音相當清脆甜美，但許書維卻發現小女孩打了個哆嗦，許書維肯定自己在她眼中看到了恐懼——不可能！這兩個女人是多麼契合，契合到他幾乎妒忌起她們的親暱，現在鄭允茹卻逃開客廳，回到房間，將門碰的一聲關起來。

「你們剛剛——」康意廷將視線落在他身上，「在聊什麼呀？」

「沒什麼。」

「書維，你們剛剛到底在聊什麼？」康意廷向他走了過來，語氣相當輕柔。

「沒什麼……」看著妻子的臉蛋，恐懼感又升上來。

「她剛剛說了什麼？」康意廷笑容仍是沒變。

八、幻覺

「沒、沒有啊！」他的妻子，會不會又變形呢？

「她到底跟你講了什麼？跟我說好不好？」康意廷嬌媚地道，雖然她十分溫柔，但許書維仍是打了個冷顫。

他不確定……到底能不能說？

康意庭見他不語，笑意更深，而許書維看到她的眼睛，喉頭動了動，說不出話來。

她的瞳孔在擴大，黑色的瞳孔擴大到占據眼白的部分，她的眼睛，全都是黑色，裡頭有水在流動，那水意豐沛得像要傾洩而出，而她的嘴角笑著，頭髮又落在她兩頰，視覺的震撼影響他的心，不可控制地幾乎要尖叫起來——

九、對峙

「你們一家子，真的很麻煩。」

一個冰冷的女性聲音響起，不是康意廷的，許書維像是從那雙黑潭似的眼睛中浮了起來，他眨了眨眼，又眨了眨眼……

眼前這個女人穿著妻子的浴袍，頭髮隨意披散在肩膀，甚至有幾絲落到臉孔上。而她的臉孔，是一張已經歷經滄桑的臉孔，臉上盡是細小的皺紋，像是從來沒有修飾的臉蛋，任它自然的老化。而這一張臉，他有點熟悉，又不是太熟悉……

「妳、妳是誰？」會不會又是另外一張隨時會變形的臉孔？

女人陰森森地笑了起來，沒有回答。

許書維看看左右，場景沒有換，他在他的家中。他不知道發生了什麼事，

九、對峙

經歷如此複雜，記憶如此混亂，像是永不止歇的夢……那現在是回到原點了嗎？還是又是另外一個開始？

許書維退後了兩步，相當無措。

「妳、妳到底是誰？」他大聲問道，企圖壯大膽子。

女人沒有回答，她在家裡活動，熟稔得就像是她自己的家，這裡……究竟是他的家？還是一個跟他的家長得很像的地方？許書維迷惑了。

耳中隱約傳來聲響，從原本屬於哲銘的房間傳出，他轉過頭去看——

哲銘？

是哲銘嗎？還是一個跟哲銘長得很像的小男孩罷了？他會不會和那恐怖的記憶一樣，無情而且殘忍？許書維完全無法有欣喜感。

「哲銘，來。」女人叫著哲銘的名字，哲銘放下了玩具，朝女人走了過去。

女人坐在沙發上抱著哲銘，而哲銘面無表情，任女人抱在懷裡。女人在他耳邊低語，像是母親對孩子，兩人正在進行親暱的交流。然而哲銘卻沒有什麼反應，相當木然。

「哲銘？」他喚著兒子的名字，卻沒有反應。

女人看著他，輕輕笑了起來。

「你比那個女人好多了。」

「什麼？」

「那個女人呀！」女人朝哲銘的房間望了一眼，許書維順著她的視線望去，赫然發現康意廷正和其他的大型玩偶坐在一起，雙眼呆滯而沒有表情，猶似她只是一個玩具。

「意廷？」他驚吼了起來，但妻子變化的種種經歷讓他有所忌憚，他叫嚷道：

「這到底是怎麼回事？」

「為什麼要那麼固執呢？在你原來的生活，不是很好嗎？」女人吻了吻哲銘的頭髮，做出只有生母才會對孩子做的親暱舉動。

九、對峙

「妳到底是誰？為什麼抱著哲銘？」

「他是我的寶貝呀！」

「把他放開！」難以忍受這奇怪的女人抱著他的兒子，許書維上前想要將許哲銘抱回來，被女人一瞪。

「你要將他抱回去嗎？你不怕他對你像對玩具一樣嗎？」

許書維想到脖子的勒痕，還有無力的掙扎、窒息的恐懼……他望著女人，恍然大悟。

「是妳？都是妳？」

女人笑了起來，聲音尖銳高拔。

「是的，都是我，沒錯，都是我，全部都是我。」

「為什麼要這麼做？」許書維憤怒了，他沒有衝上去教訓，因為他的憤怒中還夾雜著恐懼。

「他們是我的孩子呀！你瞧瞧——」她摸著哲銘的臉蛋，輕輕地道，「這麼光滑、這麼柔細，這樣柔嫩的觸感，只有孩子才有。」她將自己的下巴抵在哲銘的額頭上面。

「瘋子！快把哲銘還我。」許書維破口大罵，氣得渾身發抖。

「你敢要他嗎？你真的敢嗎？他回去以後，會不會隨時在你頭上套上袋子？會不會將你當球玩？」女人挑釁地道。

許書維想到他玩弄著康意廷，甚至將自己如同動物般對待，種種行為都叫人顫慄。

但是現在，他明白了。

「把哲銘還我！」他叫著。

女人雙眼一睜，疑惑地問：

「你還敢要他？」

「那些事都是妳做的，對吧？都是妳做的，是妳控制哲銘的，對不對？快把哲銘還我！」許書維叫著，上前要抱走許哲銘，女人抱著孩子跳了起來。

九、對峙

「你不怕他會再對付你嗎？」她叫了起來。

「那些都是妳的意思，不是哲銘的意思，不是他的本意，快把哲銘還我！」許書維完全明白了，那個恐怖的哲銘，任意玩弄母親、對父親施予暴力的哲銘，並不是哲銘本身的意識。

他的孩子，還是他最親愛的孩子。明白狀況之後，許書維的父愛全部釋放而出。

「瘋了！你瘋了！他那樣對你，你還要他？」女人憤怒地道。

「他是我的孩子，是我的孩子！不論他對我做了什麼——」許書維閉起眼睛，跟恐懼對抗，隨後又張開來，「他還是我的孩子！更何況，哲銘還這麼小，什麼都不懂，不管做錯了什麼，我都會教他，我才不會因為妳控制哲銘就放棄他——陳太太。」他終於想起這個女人。

陳太太睜大著眼睛，隨即笑了起來。

「瘋子，真是瘋子！一點都不怕！」

「瘋的是妳！」許書維反擊回去。

他知道這個女人，是的，她是陳太太，住在附近的鄰居，常常到他們家串門子，有時帶東西過來，有時跟哲銘玩，跟康意廷相當熟稔。這附近一帶，幾乎沒有人不知道陳太太，她的名號跟里長一樣響亮。連一向不輕易接受陌生人的哲銘，都會同她玩耍，他認為她是他們的朋友。

陳太太跳著腳道：

「你們才是瘋子！兒子都變成這樣了，你們還要他！你是這樣子，你老婆也是這樣子！你們都要搶走他！搶走我的兒子！」

「胡扯！把哲銘還給我！」顧不得一切，許書維上前抱住哲銘，準備將他從陳太太手上搶回來。

哲銘一抬頭，他的雙眼盡是黑漆漆的一片，許書維錯愕之間，哲銘又被陳太太抱走了。

為避免孩子被搶，陳太太帶著哲銘離開許書維有三、四步距離。

九、對峙

「為什麼要這樣做？為什麼要搶走我的孩子？」許書維大叫，那段沒有孩子、痛心疾首的日子，是如此不堪。

「為什麼？為什麼？呵呵……呵呵呵……」陳太太狂笑起來：

「是啊！為什麼要搶走我的孩子？我也找不到他呀！我找不到他……」她悲傷地哭泣起來，卻沒有眼淚，「我的孩子，我自己的孩子，他也不見了……我帶他出去，他就不見了，我四處找他，都找不到，沒有他的人，沒有他的蹤跡，連屍體也沒有……他就這樣不見了……他到哪裡去了？」

許書維錯愕地望著她，她也是一個失去孩子的母親？

陳太太指著自己的眼睛對他道：

「看到了嗎？看到了嗎？我一直哭，哭到沒有眼淚，哭到血都出來了，然後，就變成這樣了。」一片漆黑，兩隻眼睛彷彿兩片黑色的玻璃，嵌在她的眼眶裡面，分不清眼珠和眼白。

「所以……妳就把哲銘帶走？」許書維駭然地看著陳太太，那已經不是人類的眼睛。

「對，我就把他們帶走，你看，他們在我這裡，多麼快樂呀！他們想要什麼，我就給他們什麼，他們好快樂、好快樂……」陳太太又將臉貼在孩子的臉上，笑了起來。只是如同外星人的眼睛，加上她的笑容，看來十分恐怖。

「他們？」許書維發現她用的詞是複數。

「對，他們……他們都是我的小寶貝。」提到孩子時，陳太太的表情就相當溫柔，帶著詭異的溫柔。

「還有誰？」

「小同啦！阿其啦！……小同相當活潑，阿其就有點任性了，我本來還想把小政帶回來的。你知道小政嗎？就是賣豬肉的阿明他兒子呀！他跟他老婆都不管小孩的，我會替他們管——還有宇強、治平……」陳太太如數家珍，唸出一長串的名字，聽得許書維暴跳如雷。

「夠了！妳夠了！妳以為妳是誰？可以隨意將孩子帶離親生父母的身邊？妳

是誰？妳是上帝嗎？」

「哈哈！對，我是上帝，我是上帝，在這裡，我就是上帝——不，連上帝都要聽我的！上帝沒能管到這裡。你看看外面，都是我的世界，我和孩子就住在這裡，那麼——」她臉色忽然變得冰冷，語鋒一轉：

「你來這裡幹什麼？想搶我的孩子嗎？」

「妳、妳簡直是妖怪！」許書維喘著氣，不可思議地看著她。

基本上，她和康意廷有某部分的雷同，但由於她的偏執，使得她如同妖魔般恐怖，抑或是——她已成了妖魔？

「是妖怪又怎樣？只要能跟孩子在一起，我什麼都無所謂。」陳太太抱著哲銘，寵溺地道。

「那意廷呢？妳對她做了什麼事？」為什麼妻子也在她手上？

「那個女人不肯放棄……我不知道她怎麼進入這個世界的，我明明就躲在時間後面，她竟然可以找到我，而且二話不說，就要跟我搶孩子……」她抱緊了哲銘，「我只好如她所願，她想要跟她的孩子在一起，我就讓她變成玩具，讓她的孩子……永都都跟她在一起。」

想起康意廷被哲銘那樣玩弄，許書維就感到作嘔。

「妳、妳變態！」

「你也跟她一樣！」陳太太叫了起來，「我讓你看到那樣的哲銘，派那些人去趕走你，你都不走！你為什麼不留在我給你的世界？為什麼要跑出來？為什麼要醒過來？」

「那些……都是妳製造的？」那些一層又一層，如同洋蔥，剝開之後又有嶄新的記憶，全是她搞的鬼吧？

「對，是我。」陳太太突然伸出手，用嶙峋的手指在他臉上幾近愛撫的摸著，許書維感到噁心，跳了開來。

見到許書維跳開，陳太太陰沉地道：

「對，沒錯，是我，都是我，一切都是我做的。你如果乖乖聽話的話，我可以假裝是你的妻子，你可以假裝是我的丈夫，哲銘還是我們的小孩，我們可以一起快樂的生活，你為什麼要挑毛病？讓它無法延續？」她所製造的幻覺一再被破壞，她也憤怒了。

「因為那些……都不是真的。」許書維沉重地吐出：

「我不要那些虛擬的世界，我要真實的家人，我要意廷，我要哲銘，我要原來的世界，把這一切都還給我。」

「想得美！」

「把孩子還給我！」釐清所有事情後，許書維不顧一切，一把抓住了哲銘，將他從陳太太的手中搶了回來。陳太太跟他角力，而被搶奪的許哲銘，毫無反應，如同他只是個沒有生命的娃娃。

終於，許書維靠著原始的力氣，在男人與女人的對峙中，利用蠻力將小孩子搶了回來。

原本抱著哲銘的陳太太，在察覺到手中的溫暖消失後，她想起了痛苦的記憶——

地面突然開始顛簸，猶如地震似的，許書維抱著孩子，無法站穩，他往後退了幾步，倒了下來，在倒下的同時，他用自己的身體護住了無法言語的哲銘。

當許書維倒地的時候，發現眼前的景象全都變了！

不是黑暗的街道，不是燈火通明的屋子，他發現天空明亮，他倒在馬路中間，而陳太太在路口。班馬線的另外一頭，有個跟陳太太神似的孩子，年紀看起來和哲銘差不多，他興奮地朝陳太太奔去，然後……他的身影越來越淡、越來越淡……走到她面前時，就消失了。

許書維相當震驚，而路口另外一頭的陳太太看起來也相當痛苦，她大喊了起來，叫聲如同擂鼓，讓他的耳膜幾乎發疼，因為一個孩子眼睜睜地在他們面前蒸發、消失了——

許書維明白了！

這是個失去孩子的母親啊！她憂傷成疾，思念成狂，繼而使她變成妖魔，

九、對峙

甚至可以控制時空，任意擄走其他人的小孩，然後躲在時間後面……

大叫過後的陳太太，表情痛苦不堪，因為她又想起那一幕，她眼睜睜地看著她的孩子不見，她的心被撕裂成兩半，然後她找不到另外一半，她看著許書維，痛苦地大吼：

「不要搶走我的孩子！把我的孩子還給我！」

她這一喊，喚醒了許書維的理智，他急忙跳了起來。

「他不是妳的孩子，他不是！」

「把孩子還來！把我的孩子還來！」陳太太失控地朝他飛撲而來，許書維趕緊帶著兒子跑走。

他明白陳太太的痛苦所為何來，也明白理智崩潰的她，具有龐大的力量控制時間，進而移轉時空，但是，世界在這樣的一個女人當中，會不會毀滅？他不寒而慄……

許書維跑過街道，不知道能往哪裡逃，只能不斷地向前奔跑。

「把我的孩子還來！還給我！」陳太太淒厲的聲音從身後不斷地傳來，許書維轉頭一看，他所站的世界是光明的、明亮的，而她跑過的世界卻一片荒蕪，什麼也沒有……

在她的腳後，就像是通往地獄懸崖般，深不可測。

許書維看傻了眼，片刻之後，他才想起自己的處境。被移轉時空之後，妻子已經變成了大玩偶，而抱在手裡的哲銘……低頭一看，他大叫起來——

「啊！」

沒有臉。

孩子的眼睛、鼻子——五官全都不見了！只剩下黑漆漆的一個洞，連骨頭都看不到，像是被怪物吃掉，沾滿黑色的唾液，濃稠而奇異的黑色液體流了下來，整張臉都不見了。

許書維整個身子在發抖，抱著孩子的手也在發抖，恐懼溢滿他的體內，幾乎傾洩而出。

九、對峙

「把他給我。」陳太太一步步走了過來。

「不——」

「你的手在發抖，這樣抱不好孩子，把他給我。」她身後的世界是粉碎的，沒有孩子的世界是空白的。

「不要！」許書維將孩子抱得更緊了。

「給我！把他給我！」

「妳休想！」就算是地獄，也要跟孩子相依。

「把——他——給——我！」陳太太伸出了猶如只剩薄薄一層皮包裹住的雙手，想要將孩子搶回去，許書維不肯，兩人搶著許哲銘。

就在他們搶奪的同時，陳太太背後的黑暗世界如同巨大的野獸，不但吃掉了天空、吃掉了大地，所有所有的一切，都被吃掉了。飢餓的「它」貪婪地吞噬所有的一切，將許書維和孩子也吞了進去。

「啊！」許書維惶恐地大叫，他只知道他不斷地下墜、下墜，衝速的力道讓他的力量消失，哲銘脫離了他的手中——

※　　※　　※

哲銘……你在哪裡？哲銘……

許書維惶恐地尋找兒子，但是眼前一片漆黑，他什麼都看不到，他想要伸手，前方盡是一片空無，他大叫著：

「哇……哇……」

咦？他的聲音怎麼怪怪的？不管了，他必須要找到哲銘！許書維想從柔軟的物體中起來，卻使不上力，他的身體不聽使喚。

剛剛的下墜並沒有使他落地，在不知上下左右的同時，他被一團柔軟的物體包覆，然後下墜的力量減輕，他並沒有受傷。

只是……哲銘呢？哲銘從他的手中消失了。

許書維恨起自己來，為什麼他會讓孩子從他的手中消失？為什麼他不好好地抓牢他？剛剛不是才打定主意，無論到何處，他都要陪伴在他身邊嗎？如今

九、對峙

卻不見孩子的蹤影。

他知道當初康意廷發現哲銘從自己的手中消失時，是何種心情了，那種無能為力的頹喪，會讓人痛恨自己。

哲銘……

「啪！」

隨著燈被打開，眼前突然大放光亮，許書維被刺得睜不開眼睛。接著腳步聲響起，有個人走到他身邊。他眨了眨眼，慢慢地張開眼睛。

這是一間房間，布置得相當可愛的房間。

許書維錯愕地看著上面，有著轉動的音樂鈴，他往旁邊一看，所有的牆壁都用粉嫩色系的壁紙貼著，他的身邊擺滿了玩具，而他——正躺在玩具堆裡，並且躺在一張嬰兒床中。

他的呼吸急促起來，將頭轉到另外一邊，陳太太正注視著他，臉上充滿笑意。

「你醒來了啊？」陳太太用手指逗弄著他的下巴，他轉過頭抗拒。

「哇……哇……」

他的聲音不見了？許書維驚愕地發現自己的聲音——變成哭聲了？他看著臉上充滿和善、毫無惡意的陳太太，再看看自己的手、自己的腳——全部變成嬰兒了。

他變成……一個嬰兒？

許書維不敢相信地大叫起來，但是毫無作用，小小的手腳揮舞著，連發聲都如此吃力，成人的靈魂困在嬰兒的身體，如夢境般的事實強烈地衝擊著他。

「來，喝ㄋㄟㄋㄟ的時間到了。」陳太太抱起了他。

不要！不要！

無論他多麼想抗拒，身為嬰兒的他，只能讓陳太太抱在懷裡，無法拒絕。

許書維使出全力地想要推開她，陳太太卻一派輕鬆。

「要乖乖喔！乖乖……」她輕哄著。

九、對峙

即使她多麼溫柔、多麼和善，全都只是假象！他不要變成嬰兒，他不要失去行為能力，他明明有成人的意識，卻得受限這幼小而未發展完全的軀體，他不要——

十、團圓

如果可以自殺的話，他一定毫不遲疑。

許書維望著外面發呆，窗外有鳥在飛，藍天有幾朵白雲飄過，看來相當和諧，但是——改變不了實情。

好幾次醒來，他都希望這一切只是一場夢，一場長長的噩夢。即使回到哲銘失蹤的日子，他也願意接受。

但是他沒有，每當他醒來，都發現他仍是一個嬰兒，他仍在一個嬰兒的軀體裡，讓陳太太餵他喝奶、換尿布，毫無尊嚴地任她擺布，而她並不以為意，仍是溫柔地哄勸，如同一個稱職的母親。

他還得忍受多久？

如果是矇矓意識，或是毫無記憶的話，他尚可以接受，但對一個已經有想法、有主見的成人來說，困在這樣的軀殼裡，只是束縛。

而且，他還記得那些經歷。

望著房間外的陳太太，她正愉快地泡著牛奶，準備等一下餵食。許書維憤恨地拉扯著玩具，然後將它們往床外丟去，他連翻身的力氣都沒有，要不然他一定先撞死自己，成為史上第一個自殺的嬰兒。

「你在做什麼？」聽到聲音的陳太太走了進來，撿起玩具，放在他的身邊，「不可以這樣喔！亂丟玩具，媽媽會打打的。」

「唔……咿……」即使他想抗拒，卻只能發出這些聲音。

「乖，等一下我帶你出去玩，馬上就好。」陳太太離開，準備要出去的東西。

許書維看著她，雖然她相當溫柔，但卻令人不寒而慄。

她到底是怎麼樣的人？竟然可以像上帝般，輕易地毀滅世界，又重新創造，甚至讓生命重新開始？

如果她是上帝，她一定是個發瘋的上帝。

十、團圓

「好了！我們可以出去了。」陳太太再度進房，並將他抱了起來，放進嬰兒車裡。

「咿……呀呀……」許書維手腳揮舞，不斷抗議。

「好，我知道、我知道，你不喜歡變成嬰兒對不對？可是只有這樣，你才會比較聽話。你知道的，我喜歡孩子，既然你想找回兒子，應該也能體諒我的心情，對不對？」陳太太對著許書維道，她很清楚，這個孩子並不是真正的孩子，只是她可以操控他的生命。

從失去孩子之後，瘋狂的執念讓她陷入混沌之中。所有的世界在她手中，由她排列組合。只要與孩子有關的，她可以既溫柔、又殘酷，他在她瘋狂的世界裡，逃不出去。

「咿……啊啊……」

「我們走囉！」

※　※　※

十、團圓

「哇！好可愛的小孩子。」

「陳太太，妳快一年沒出現，原來跑去生孩子啦？也不告訴我們，讓大家為妳祝賀一下。」

「對呀！太不夠意思了。」

許書維陷入一群女人當中，任她們玩弄著他。他既生氣，又無奈，重新開始的生命並未讓他愉快，只是一場折磨，無止盡的折磨。

「咿……唔……」他憤怒地大叫。

「他在說話了，好可愛喔！」

這群女人興奮極了，有的甚至以手指玩他的下巴，或者捏他的臉蛋。

可惡！沒有人知道他的真正意思。

許書維氣鼓鼓地瞪著眼前這些女人，想將她們趕走，而這些婆婆媽媽一點也不以為意，反而討論起來：

「他在幹什麼？皺眉頭耶！」

「這麼小就會皺眉頭呀？怎麼這麼好玩！」

「他到底在想什麼？」

一群女人嘰嘰喳喳，猶如麻雀似的，妳一言我一語，好不熱鬧，對許書維來說，這些只是雜音而已，他完全無法融入她們。對於身為嬰兒的無能為力，許書維感到相當挫敗。

他不想看到她們，將頭往旁邊轉去，見到這些人群之中，有一個身影逐漸靠近，由於這些人討論得太熱烈，以至於沒注意到有人接近。

等她們發現的時候，已經來不及了。

一把尖銳的刀刃像切肉似的，輕易地劃過陳太太的脖子，鮮血滴了下來，落在許書維的鼻梁上。一滴、兩滴……

他抬起頭來，看到陳太太抓住自己的脖子，滿臉驚恐。

「啊——」

「救命呀！殺人了——」

十、團圓

尖叫哭泣的聲音響起，原本聚在他們附近的女人落荒而逃，各自抱走在公園裡玩耍的孩子，免得被波及到。

許書維訝異地看著眼前的狀況，另一個披頭散髮的女人，手上拿著一把閃著寒光的刀子，冷冰冰地看著陳太太。

「妳、妳……」陳太太說不出話來，她被傷到聲帶了。

「把我的孩子還給我。」女人淒厲地道。

大概是沒想到會受到襲擊，陳太太驚愕地握著喉嚨，血從她的指縫流了下來。

「快！快去叫警察！」

「莊太太發瘋了！大家快走！」

耳邊傳來其他太太們的叫聲，許書維驚訝地看著眼前的狀況，卻無法逃走。

莊太太一步步向陳太太靠近，陳太太只能一步步後退。喉嚨被傷到的她虛軟無力，只能任憑莊太太接近。莊太太一張扭曲如同變形的臉正對著陳太太，模樣十分猙獰。

「妳把小寄帶到哪裡了？說！」

陳太太跌坐在地，無法說話。

「是妳，我看到了，是妳！我看到有人將小孩子交給妳……就是妳對不對？是妳把大家的小孩帶走的。洪太太的小孩也是，許太太的小孩也是，妳抱走之後，他們就再也沒有回來了。」莊太太神情凌厲，精神在崩潰邊緣。

「妳、妳……種摸……知道？」陳太太困難地從喉嚨擠出聲音，像洩了氣的氣球似的。

「我看到了，我都看到了！妳把她們的小孩帶走，然後他們就再也沒回來了。」莊太太哭叫著。

陳太太坐在地上，喘不過氣來，臉色變得慘白。

「是妳對不對？是妳把小寄帶走的，對不對？」莊太太上前抓著陳太太，用力地搖晃。

十、團圓

陳太太臉色越來越白，又虛弱無力，只能任憑莊太太搖晃著她的身子。

「妳說呀！妳把小寄帶到哪裡去了？」莊太太尖叫起來，似乎這樣子，就能將小寄從她的身子擠出來。

陳太太沒有說話，她也沒辦法說話，但，無力的她，嘴角浮出得意的微笑。看到這微笑，莊太太更激動了：

「我的孩子呢？妳把她帶到哪裡了？小寄呢？我的孩子呢？」

陳太太只是看著她，在莊太太的眼睛裡看著自己的倒影。她明白，她們是如此相似，全部都是一樣的靈魂，自始自終，都為孩子煎熬著。她並不孤單，因為大家都是一樣的……

陳太太整個人倒了下去，而此時，幾名警察已經跑了過來，架住了莊太太。而莊太太踢著雙腳，不斷地喊著：

「放開我！放開我！我還沒問出來，放開我！」

一名看起來比較資深的警察，走到陳太太面前，發現她早已氣絕，搖了搖頭：

「她已經死了。」

聽到這個消息，莊太太比所有人都還要惶恐，她還沒問出來，她還不知道小寄的下落，陳太太就死了！那她的小寄呢？

「不——」

※　※　※

擦不掉，這個血跡擦不掉。

許書維想將鼻梁上的血跡擦掉，但卻越擦越多，他記得明明只濺到了兩、三滴而已，為什麼擦不完？血液暈開的速度相當快，他整張臉都感到溼溼的，有的甚至流到他的眼睛。

他閉起眼睛，感到有些刺痛，他眨了眨眼睛，用手捂住雙眼，等待那股刺痛感消退。

等他張開眼睛時，看到自己的手——

十、團圓

這是一雙成人的、巨大的，甚至還長著粗繭的手掌，跟先前粉嫩而毫無力氣的娃娃手完全不同，他……恢復了？

許書維坐了起來，發現自己竟然在公園？

四周平靜安詳，氣氛和樂，有人在做運動，有人在椅子上坐著，更多的是小孩子的笑鬧聲。

是那麼的溫馨、美好，令人感到幸福。

許書維愣愣地坐在地上，不清楚發生什麼事。他只記得有人找上了陳太太，在她身上劃了一刀，然後有血滴在他身上，之後就如同魔咒解除似的，他恢復原來的樣子了。

他是恢復原來的樣子了，那，他現在在哪裡？

看著熟悉的公園，人們在裡頭活動，陽光灑落得連空氣都暖烘烘的，很難將這樣的場景與那邪惡的異空間聯想在一起。

「爸爸！」

一個熱情的聲音從身後傳了過來，聽到聲音時，許書維愣了一下，隨即才回過頭，他還來不及看到人，整個身子已經被對方小小的身影撲倒了。

「爸爸，陪我玩！」

「哲銘？」看著許哲銘坐在他身上時，許書維幾乎嚇傻了。然而許哲銘笑意盈盈，滿臉渴望，用他的童音要求：

「陪我玩嘛！好不好？」

哲銘？是哲銘嗎？他會不會又過來用殘忍的手段玩弄著他？許書維根本不敢回答。

「哲銘，先讓爸爸起來。」一個女人的聲音在許哲銘身後響起，許哲銘在聽到女人的聲音之後，終於爬了起來。

等許哲銘離開之後，出現在他眼前的是康意庭的臉龐。

「意……意廷？」他睜大了眼睛，不敢置信地看著妻子，還有一旁的兒子，許哲銘已經跑到鞦韆旁邊，準備開始玩耍，「是……是妳嗎？」

十、團圓

「你一定要繼續躺在地上嗎？」

許書維看了下四周，只有他一個大男人躺在地上，他站了起來，看看自己的身體還有衣著，都是他熟悉的。

「妳……妳真的是意廷？」

「要不然我是誰？」康意廷看著許書維，覺得莫名其妙。

「妳……是『真的』意廷嗎？」會不會又是另外一個詭計？

「她是你的妻子沒錯，還有你的兒子也回來了。」蒼老的聲音響起，許書維看著熟悉的老人，還有他身邊的鄭允茹。

許書維連忙看了一下在盪鞦韆的許哲銘，鄭允茹放開老人的手，跑過去和許哲銘玩在一起。

「這是怎麼回事？」

「現在是正常的時間，我們已經不在時間的夾縫裡了。」老人說道，許書維則是聽得迷糊，而康意廷則向在玩耍的兩個小孩走過去，這次她要看牢他們。

「什麼？」

「時間的鎖鏈已經解除了，它又可以繼續運行了，所以我們回到正軌了。」

老人解釋著。

「時間……開始走了嗎？」許書維看著周圍的動靜。

「沒錯。」

「那、那個……」許書維不知道要怎麼說明他的那些經歷，述說起來太不可思議。現在想起來，像是場夢。而且，他還不確定眼前這一切，到頭來會不會又是一場空？

「我不知道你被那些人帶走之後去了哪裡，不過我被他們帶走後，卻回到了燕萍的身邊……」老人嘆了口氣，許書維不認識燕萍，疑惑地看著他，老人只道：

「反正只是一場空，那些是不屬於我們的時空。」

也許是幻覺，也許是另外一個時空，許書維大夢初醒，捏了捏自己的臉頰，會痛。

「我們回來了嗎？」

「對，不過為什麼會回來，我也不清楚。」老人陷入沉思。

「跟陳太太的死亡有關係嗎？」如果是因為她的死亡，而讓他們回到原來的世界，那一切就解釋得通了。

「陳太太？」

「她是……」許書維開始述說自己的經歷，及所知的一切。

※　　※　　※

「那麼，就是因為她死亡了，所以時間才繼續前進吧！」老人推測著。除此之外，他們也想不到其他可能。

「大概吧！」

「那麼……你兒子的失蹤，也是她搞的鬼？」

「沒錯。」

因為失去了自己的孩子，傷透了心，瘋狂的力量大到足以顛覆整個世界與時空，女人的執念真可怕。包括那個莊太太也是。

現在想起來，都不寒而慄。

「母親……是什麼樣的生物？」老人看著站在許哲銘和鄭允茹身邊的康意廷，嘴裡喃喃自語。

「很難了解吧？」

老人沒有說話，所有的事情，真的都結束了嗎？

沒有。

陳太太的孩子，是怎樣失蹤？莊太太的孩子，至今仍未有消息。這些孩子的下落，至今仍是一團謎，就跟世界上所有失蹤兒童一樣，糾結著每一顆為人父母的心。

故事結束了嗎？沒有。

每個失蹤的背後，都有個痛苦的故事。陳太太的孩子，還有莊太太的孩

十、團圓

子，究竟跑到哪裡去了？只有天知道了。

他們——

失蹤了。

電子書購買

國家圖書館出版品預行編目資料

血色謎蹤 / 梅洛琳著 . -- 第一版 . -- 臺北市：崧燁文化事業有限公司, 2021.09
面； 公分
POD 版
ISBN 978-986-516-841-4(平裝)
863.57 110014835

血色謎蹤

臉書

作　　者：梅洛琳
編　　輯：柯馨婷
發 行 人：黃振庭
出 版 者：崧燁文化事業有限公司
發 行 者：崧燁文化事業有限公司
E-mail：sonbookservice@gmail.com
粉 絲 頁：https://www.facebook.com/sonbookss/
網　　址：https://sonbook.net/
地　　址：台北市中正區重慶南路一段六十一號八樓 815 室
Rm. 815, 8F., No.61, Sec. 1, Chongqing S. Rd., Zhongzheng Dist., Taipei City 100, Taiwan (R.O.C)
電　　話：(02)2370-3310　　傳　　真：(02) 2388-1990
印　　刷：京峯彩色印刷有限公司（京峰數位）

定　　價：250 元
發行日期：2021 年 09 月第一版
◎本書以 POD 印製